俳句日記2012

瓦礫抄

小澤 實

garekisho

Ozawa Minoru

ふらんす堂

うたかたがわれ

十二月一日（木）曇　【季語＝外套】

吉祥寺バウスシアターにて映画「グレン・グールド　天才ピアニストの愛と孤独」を見る。映画を見るのは何年ぶりか。今年九月にカナダのトロントで訪ねたグールドゆかりの地それぞれがなつかしい。長年親しんで来たグールドのピアノの音が輝かしい。

外套の男去りゆく浜はるか

十二月二日（金）曇

【季語＝茶の花】

カルチャーサロン・青山にて俳句講座。兼題は「目貼」。兼題はできるだけ、触れられる「もの」の季語にしたいと思っている。触れられるものの季語を使うことは、俳句を強くする。兼題は当番が二十ほど選んでおいたものの中から、ぼくが決める。

木の窓の螺子式の鍵茶の花咲く

十二月三日（土）雨　【季語＝冬の草】

東海道新幹線車載誌「ひととき」取材のため京都へ。『誹諧《はいかい》京《きょう》羽二重《はぶたえ》』（元禄四年刊）という俳人人名録に記されている去来本宅の住所「中長者町堀川東入ル」を訪ねる。羽黒山から江戸を経て、京の去来宅にて客死した呂丸という男のことを思う。

置き去りのバーベル冬の草の丈

十二月四日（日）晴

【季語＝新走り】

散歩していて、北村美術館の前を通る。たまたま秋季展「凩のころ」最終日だった。薄茶器として志野の輪花の小向付が展示されていて、見入る。火色とよばれる赤みがよく出ているもの。今日は小さく見える。酒を呑んでみたことにしてしまおう。

志野輪花盃の火色にあらばしり

十二月五日（月）晴　【季語＝鮒鮓】

葛西省子さんに飯田清春氏ご葬儀の日とメールをもらう。清春氏は真清田神社宮司。出張先のハワイで急逝されたという。先月、名句会の琵琶湖吟行をともにしたばかりだ。笑い声が明るく、句評にもちょっととぼけた味わいがあった。しばし追悼句を考える。

ふなずしの昼酒を酌みかはししが

十二月六日（火）晴　【季語＝牡蠣】

遠藤梧逸忌俳句大会のため、一ノ関に来た。居酒屋「こまつ」を再訪。震災当日、店の一升瓶がぜんぶ割れてしまったことを聞く。名物の三陸の牡蠣が使えなくなってしまったことも痛ましい。それでも、どんこのわた味噌和など岩手の美味を満喫する。

三陸の牡蠣の稚貝よよく育て

十二月七日（水）晴

【季語＝冬の雲】

奥州市市役所の方の車で、梧逸忌俳句大会の会場前沢ふれあいセンターへ。運転の方に、内陸部では三月十一日の地震よりも四月七日の余震の方が被害が大きかったことなどを聞く。講演は梧逸の句「湯たんぽに足を焼きたるかなしさよ」から始める。

寝釈迦山足のあたりを冬の雲

十二月八日（木）曇　　　　　　　　　　　　　　　　　　　**【季語＝咳】**

昨夜は、福島の「澤」の句会「明るい場所」に顔を出した。参加者九名、若い男性が多い。出席者のひとりは「町内の除染活動をしなければいけない」と言っていたが、市内には静かな日常があった。一次会のイタリア料理屋から二次会の居酒屋へ。

車中咳きつづくる女誰も見ず

十二月九日（金）曇

【季語＝椪柑・蜜柑】

昨夜は上野で、旅中進めてきた「澤」一月号の句稿を藤田哲史君に渡し、入力を頼んだ。哲史君は髪が伸びて、男らしい風貌になっている。研究を続けるか、就職するかの岐路にあり、編集を休みたいとのこと。諾わざるをえない。今までありがとう。

屋久島椪柑《ぽんかん》三ケ日蜜柑照らしあふ

十二月十日（土）晴　【季語＝月】

都内で毎月開催の定例句会も忘年句会。国分寺労政会館に集う。懇親会出席者も常より多い。今夜は皆既月食。「月食は季語になるか」と尋ねられる。「他に季語が無ければ月の派生季語、秋季でしょう」と答える。店を出ると、はや月食は始まっている。

皆既月食蝕甚にして月の形《なり》

十二月十一日（日）晴　【季語＝冷ゆ】

「俳句αあるふぁ」連載の「新秀句鑑賞」に、子規門の俳人中村楽天の「人の妻の琴の指南や沈丁花」を取り上げる。編集の中島三紀さんに初出の「ホトトギス」明治三十二年五月号を調べてもらう。子規の出題は「妻（春季結）」だった。自由である。

鉄の椅子の背の鉄の薔薇冷えきれる

十二月十二日（月）晴

【季語＝暖房車】

「俳句αあるふぁ」連載の「新秀句鑑賞」校正。虚子門の俳人、田畑三千女は魅力的。虚子が小説の中に書いた京言葉を批判してしまうのだ。田畑比古編『三千・三千夫遺句集』を読んで、例句を「茶摘女の東京べんはきようざめな」に差し替える。

煖房車顔のほてりをいかにせん

十二月十三日（火）晴　【季語＝焚火】

「ひととき」連載「芭蕉の風景」執筆。蕉門の呂丸の句「かなしさの胸に折レ込《こむ》枯野かな」に強く打たれる。悲しみという感情が「もの」のように描かれている。芭蕉の辞世、「旅に病で夢は枯野をかけ廻る」にも影響を与えているのではないか。

キユーピー人形燃え炎みどりや焚火の中

【季語＝年詰まる】

十二月十四日（水）晴

六本木の古美術店「栗八商店」にて、月例句会。句会後の小夜さんの料理が楽しみ。師走は恒例のチーズフォンデュ。パンだけではなく、ソーセージやたくさんの野菜を食べられるのがうれしい。「チーズフォンデュ」も冬の鍋一般に入る。冬の新季語だ。

ふつふつふつつチーズフォンデュや年詰まる

十二月十五日（木）晴　【季語＝冬青空】

「澤」一月号編集も大詰め。歌人岡井隆さんとの対談を校正。岡井さんの「文学者はインチキな面、ゴロツキ文士的な面も大事では」という趣旨の発言が印象に残る。

「現代はスターの出にくい時代」という発言から題を「フラットな時代」と付ける。

画集拡げ裸婦の頁や冬青空

十二月十六日（金）晴　【季語＝焚火】

「澤」一月号を入稿。回顧座談会を句会を運営しているメーリングリストで行ってみたのは、新しい試み。会員から募る「澤の十二句」も百七十二人もの仲間が参加。「澤」を投句者すべてが選者となる座としたいという願いもかなえられつつある。

しらなみの浜濡らしをる焚火かな

十二月十七日（土）晴　【季語＝焚火】

「暁の会」懇親会の途中、句会は欠席の榮猿丸君が登場。下北沢駅前で会ったという佐藤文香さんが一緒。文香さんは現在、ふらんす堂の俳句日記連載中。作品はエクセルで整理、月一回まとめて送信すると迷惑にならないとアドバイスしてもらう。無理だ。

一斗罐の焚火両足もて囲む

十二月十八日（日）晴　【季語＝枯草】

五十肩の治療に通っていた吉祥寺、肩こり堂清水先生から電話。一月前うかがった際、「急病のため休みます、連絡します」という貼紙があったため、心配していた。「完治したら連絡します。待機していてください」とのこと。待機するしかない。

枯草に置く罐コーヒーやプルタブ開け

十二月十九日（月）晴　【季語＝風邪】

「讀賣俳壇」今年最後の選をする。立川談志を悼んだ句が膨大にあった。悼んでいるこころはなんとなくわかるのだが、みなひとりよがりの表現に終っていて、一句もとれなかった。ぼく自身に談志と落語一般への愛と知識とが欠如しているからかもしれないが。

客引の黒服が肩風邪の神

十二月二十日（火）晴　　**【季語＝吹雪】**

松本へ向かう特急「あずさ」の車中で電話を受ける。「ひととき」編集部宮下由美さんからだ。蕉門の俳書の表記は「すみたはら」か「すみだはら」かという問い合わせ。厳密さがうれしい。「『俳文学大辞典』の見出しに従ってください」と答える。

吹雪吹き上ぐ常念岳の麓より

十二月二十一日（水）晴　　　　【季語＝雪】

松本から穂高までは田中敦子さんの自動車に、穂高から信濃大町までは嶺村福子さんの自動車に乗せてもらう。車中、北アルプスの姿を見失うことがない。すでに雪を厚く付けて、人の領域ではないものを感じさせている。カルチャー教室一、句会二。

鹿島槍無垢白雪のぶあつしよ

十二月二十二日（木）晴　【季語＝冬草】

新年詠を作らなければならない。公明新聞の三句は作ったが、あと讀賣新聞の三句と東京新聞の一句。毎年、苦吟する時期である。年末のあわただしい時期に作る新年詠にいかに実感をもたせるか。新年に作り置けばいいのに、新年になると忘れている。

冬草を亀食へるなり与ふれば

十二月二十三日（金・天皇誕生日）晴　　【季語＝枯草】

写真家渞忠之氏から、クリスマス新年兼用のカード到着。青空に月がぽつんと写っている。月だけを集中的に撮影していると近況が記してあった。俳句の季語、雪月花の中では、月がもっとも難しい。月は写真にとっても、難しい材料だろう。

くつひも結ぶかれくさに靴置いて

十二月二十四日（土）晴　　　　　　　　　　　　　　　**【季語＝暖房車】**

写真家六田知弘氏から、ＪＡＬアートカレンダー到着。十月の「絵唐津松樹文大皿　梅澤記念館蔵」がすばらしい。ちぢれた釉の質感がたしかに捉えられていた。午後から名古屋へ。名句会忘年句会、これで予定していた今年の句会はすべて終了した。

煖房車兄弟ふたり駆けやめず

十二月二十五日（日）晴　　【季語＝暖房】

『決定版俳句入門』（角川学芸出版）のために「俳句とは何か」を執筆。このテーマを名句三句を引用して、四百字詰原稿用紙二枚半で書けという難題である。俳句の持つ不思議な力などについて書き、ようやく送稿したが、これでよかったのか不安。

煖房や伸びきつて犬起きてをる

こども用自転車二台葉牡丹と

【季語＝葉牡丹】

十二月二十六日（月）晴

角川学芸出版の編集者吉田章子さんから、昨日送稿の「俳句とは何か」原稿の受領メール。「『俳句とはひととひととを結びつけてくれるもの』という一文に、はっとさせられました」と感想を書いてくださっている。安堵する。救われる思いである。

十二月二十七日（火）晴　　　　　　　【季語＝葉牡丹】

角川学芸出版の編集者滝口百合さんに「俳句」二月号特集「俳句は瞬間を切り取る」のための原稿を送る。「瞬間」は俳句の切口そのもの。「さざなみにさざなみあらた花待てる」の自句自解である。平成十五年春の句だった。しずかに時間は流れ去る。

葉牡丹の葉にこどもの手触れてをる

十二月二十八日（水）晴　【季語＝年忘】

「澤」一月号発送を東京杉並、岡本春水さんのお宅で行う。押し迫っての発送になってしまったが、八名の仲間が集まってくれた。発送作業の終るころ、お訪ねして句会。題は「年忘」と「押」一字の詠み込み。ぼくの特選は春水さんの句だった。

和更紗を卓に掛けあり年忘

十二月二十九日（木）晴　【季語＝葉牡丹】

古美術祥雲の関美香さんに頼まれていた書を揮毫。「ゆつくりと花と唱えつ露の中」（句文集『礼のかたち』所載）なのだが、「唱えつ」の仮名遣が間違っていることに気付き、赤面。「唱へつ」と改め書く。揮毫していると今年も終りとは思えない。

バッハ無伴奏チェロの楽葉牡丹へ

十二月三十日（金）晴　【季語＝煤払】

同居の弘美さんの指導でこの三日間進めて来た大掃除もほぼ終り。今日は鍋磨き。夕食後、山口デザイン事務所の大野あかりさん来たる。山口信博さんのプレゼント、「實」の印をお持ちくださる。折形教室の教え子の方の作品、印材も刻字も美しい。

煤払仕上の鍋を磨きけり

十二月三十一日（土）晴

【季語＝去年今年】

「通信句会」の選と講評が未完成。松本に行くためサブのノートパソコンにデータを移していたら消えてしまう。松本の実家で講評を書き直す。完成は結局、翌日、新年である。会員への句稿郵送担当、松野篤子さんに今春も迷惑をかけてしまった。

よどみにうかぶうたかたがわれ去年今年

スティーブ・ジョブズの掌

一月一日（日・元日）晴

【季語＝田作】

父、小澤松城は「澤」に投句をしてくれている。なかなかうまくならないのがいい。一月号の「澤の十二句」にも参加してくれた。元日の朝の食卓で、松城氏に十二句の選は「いのち」というテーマで行っていたということを聞いた。ちょっと感動。

たつくりに漆黒眼ありにけり

一月二日（月・振替休日）雪　　【季語＝御降】

「御降」という季語は雨にも雪にも言うはずだが、歳時記の例句を見ると、圧倒的に雨の句ばかり。雪の「御降」を詠みたいが、むつかしい。雪だとめでたすぎるのか。上京の車中、長野県内の間はみごとな降雪。初富士は残念ながら見えなかった。

御降の雪地に消えぬ道濡れで

一月三日（火）晴　【季語＝雪雲】

松本の実家の本棚で見つけた角川文庫版『方丈記』（簗瀬一雄訳注）が、読み初めの書。日本文学史の中で、地震の描写は多くはない。その中の白眉だろう。「海は傾きて、陸地をひたせり。土裂けて、水涌き出で、巌割れて、谷にまろび入る」。

雪雲湧き継ぐ駒ヶ岳おほひえず

一月四日（水）晴　【季語＝雪雲】

初詣は武蔵野八幡宮。二人並びの行列が限りなく延びていて、二十分ほど待って拝す。句友の熱田神宮宮司小串和夫さんによれば、神社の側で並ぶように指示することは一切無いとのこと。自然に並んでしまうわれわれは、なんとお行儀のいいことか。

雪雲の奥に太陽雪はげし

一月五日（木）晴

【季語＝雪】

初句会は国分寺、吉の会。赤羽康弘さんに「今年は生まれ変わったつもりで句作します」と言われる。夜は阿佐ヶ谷教会でバッハの「ミサ曲ロ短調」を聴く。石井明氏指揮慶應義塾コレギウム・ムジクム合唱団・オーケストラの熱演。鎮魂と平和への祈りが響く。

林中の木の幹に雪北にのみ

一月六日（金）晴　【季語＝腹巻】

ニューヨーク、トロント、新宿で興業を行った柴田元幸一座の新年会を自宅で。柴田元幸さん比登美さん小野正嗣さん岸本佐知子さん古川日出男さん千枝さん。弘美さんの料理はおせち料理中心。『カンディード』という地震を描いた小説の存在を教わる。

女ふたり腹巻自慢見せはせで

一月七日（土）晴

【季語＝七草粥】

小野正嗣さんからメール。「『カンディード』はリスボンの地震をきっかけに書かれた」という言い方が妥当なのではと。『カンディード』の著者ヴォルテールとルソーとは犬猿の仲で、ヴォルテールの震災についての詩をルソーは批判しているとのこと。

七草粥鶏《とり》のつくねを据ゑにけり

一月八日（日）晴

【季語＝初詣】

「ひととき」取材で奈良県御所《ごせ》市へ。取り上げる「猶《なお》見たし花に明行《あけゆく》神の顔　芭蕉」は、葛城山の一言主神《ひとことぬしのかみ》を詠んだ名句。写生では神は描けない。葛城山麓の一言主神社を訪ねた。初詣客でお忙しいところ、宮司伊藤典久さんに丁寧にご対応いただいた。

一言主神《ひとことぬしのかみ》への願ひはひとつ初詣

一月九日（月・成人の日）晴　【季語＝鮪】

大阪千日前泊。黒門市場を散策。いきのいい魚を見るのは楽しい。鮪屋の店頭に青森県大間産の鮪大トロのサクが売られていて三万円の値札がついていた。昼食は市場内のうどん屋。「にいちゃん、おおきに」と言われたのは、ジーンズを穿いていたせいか。

大間の鮪大トロのサクラップ包み

一月十日（火）晴　【季語＝冬銀河】

昼、社団法人に公益が付いた、公益社団法人俳人協会の新年賀詞交換会に出席。

夜は装幀家間村俊一さんの紹介で、鶯谷のショーパブ「よーかんちゃん」へ。飾りに飾った店内が異空間、よーかんちゃんの自作自演の歌と毒を含んだ話芸とを楽しむ。

冬銀河ことに星星濃きところ

一月十一日（水）晴　【季語＝名の木枯る】

浅葱会の今日の会場は新橋。句会の後、堀江嘉子さんに「ジビエ」ということばは季語になるか、質問を受ける。「狩」の派生季語にはなるだろう。ただ具体性に欠ける。「狐」「狸」「兎」のように俳句の中にそのままの形では持ち込めないだろう。

鳥五羽をり大欅枯れきつて

一月十二日（木）晴

【季語＝熊穴に入る】

銀座松屋で「上田宗箇　武将茶人の世界展」を見る。宗箇は織部の弟子。桃山時代の器がたくさん出ていた。「織部黒筒茶碗」は黒々として、丈が高くて、わりと細い。これに芋焼酎のお湯割りの濃いものを入れてもらって、呑めと言われたらどうしよう。

穴に熊ねむれるころやアルマニヤック

一月十三日（金）晴　　【季語＝鴨】

「俳句」三月号のための対談を高野ムツオさんと。震災以後の俳句、自然観について話す。懇親会は神楽坂で。鈴木忍編集長に大きなイワナの形の青磁の酒器で冷酒を注がれ、酔う。ムツオさんの新句集名は「仰臥」で行きましょうと提案してしまう。

静止せる鴨の下鯉泳ぎ来ぬ

一月十四日（土）晴　【季語＝春待つ】

間村俊一さんが「よーかんちゃん」に行きたくなったのは、いしいしんじ氏の文章を読んだからと言っていた。新潮社の楠瀬啓之さんに相談したら、さっそく「yom yom 9」を送ってくださる。しんじ氏は「宇宙一のスナック」と書いていた。納得。

自在鉤の鯉にも艶や春待てる

一月十五日（日）晴　【季語＝春待つ】

昨年十一月、鳥取での細谷亮太、徳永進両氏主宰のフォーラムで会った菅野武さんの著書『寄り添い支える　公立志津川病院　若き内科医の3・11』（河北新報出版センター）を読む。よくぞ生きぬいてくれた。命とは、友情とは、かくもすばらしい。

摩《ま》訶《か》般《はん》特《どく》も周《しゅ》梨《り》般《はん》特《どく》も春を待つ

一月十六日（月）晴　【季語＝春待つ】

『俳コレ』（邑書林）を開く。林雅樹小論を上田信治氏が書いている。「日脚伸ぶみのる思へば摩羅も伸ぶ」が「本集不掲載」として引用されているが、出典はどこだろう。「澤」だろうか。「フィギュアスケートみのる回転ＣＧだろ」は選んだ記憶があるが。

少年は我に頭突きや春待てる

一月十七日（火）晴　　　　**【季語＝大寒】**

『俳コレ』の作品は、作者の師以外の選者が選ぶかたちで編集されている。結社に所属しない作者の句を読ませるための工夫だろうが、結社所属の師のある作者にとっては師の存在が薄まる印象があった。結社がすべて滅び去った後にも、俳句は滅びないのか。

凪の海大寒の日の落つるなり

一月十八日（水）晴　【季語＝野沢菜の蕪】

安曇野市穂高カルチャー俳句講座のお茶の時間は豪華だ。土地の菓子、果物などをお持ちくださるのだ。今日は牛山孝友さんが、野沢菜の蕪を抜き粕と味噌とで漬けたものを持ってきてくれた。野沢菜の蕪を食べるのか、漬けるのか、抜き粕とは何か。

野沢菜の蕪漬けくれぬ抜き粕もて

一月十九日（木）曇　【季語＝雪】

弘美さんから携帯メール。指揮者、チェンバロ奏者のグスタフ・レオンハルトが亡くなったとのこと。バッハを中心としたバロック演奏のボックスセットを買って、優美で勁い演奏を楽しんできた。特急あずさ車中、iPodでクープランのソナタを聴き、悼む。

雪の常念刃《やいば》の尾根へ日の強し

一月二十日（金）曇　【季語＝鮟鱇】

東京會館、角川俳句賞授賞式に出席。正木ゆう子さんが選考経過を述べる。まず「意見が大きく割れて楽しかった」とおっしゃる。反対したぼくも学ぶこと多し。今回悟ったのは、作者名が無い作品と作者名付きの作品とはまったくの別物であるということ。

鮟鱇の腹切り開け窓や肝見する

一月二十一日（土）曇

【季語＝野沢菜漬】

「澤」新年定例句会の会場は国分寺労政会館、懇親会は日本橋亭。一流結社は高級ホテルで開くが、澤はふだん通り。定例句会賞と通信句会賞の受賞者を祝いつつ楽しむ。信濃大町の竹村翠苑さんが、漬物のタッパーをたくさん提げて参加してくださる。

野沢菜漬切りしにけづりぶし厚し

一月二十二日（日）曇　【季語＝雪】

高橋睦郎さんの『シリーズ自句自解Ⅰベスト100』（ふらんす堂）を開く。「澤」創刊の際の祝句「雲の根を尋むや芽吹の奥の澤」を収録。自解の中には「澤」誌名の由来も描かれていた。忘れてはならない初心が示された思い。仲間の必読書とする。

雪の道赤サインペン誰《た》が落とし

一月二十三日（月）曇　【季語＝雪】

年末のあわただしい中選んだ「讀賣俳壇年間賞」がようやく今日掲載された。「外来魚帰化植物も春を待つ　望月清彦」。いのちの前に差別をせず、嫌われもののいのちともしかと向き合う、すばらしい句だ。ぼくの選に投じていただいたことに感謝。

雪積もる自転車の籠サドルにも

一月二十四日（火）晴　　　　**【季語＝雪】**

青山、折形デザイン研究所に大野あかりさんと朴ヒョンジョンさんのソウルからの凱旋展「하늘, 하늘하늘（ハヌル、ハヌルハヌル）そら、ゆらゆら」を見に行く。壁にハングル文字を解体したものを彫ったグラスの映像を映している。「現代美術じゃないですか」。

世界一あたらしき文字雪に夕日

一月二十五日（水）晴　【季語＝雪】

出川直樹氏が、家にスティーブ・ジョブズが訪ねきて氏の蔵する信楽の古壺を愛でたことを書いていた。「芸術新潮」二月号。写真に映る蹲《うずくまる》は、かつて友人の家の玄関に据えてあり撫でまわしていたもの。一瞬、ジョブズの掌に触れたような錯覚に陥る。

雪氷り轍凍てたり踏み割れず

一月二十六日（木）晴　　**【季語＝寒】**

近所の寿司屋に行く。大将が「赤貝は閖上です」と言う。津波で壊滅した名取市閖上港に上がる赤貝はもはや食べられないものと思っていた。漁を再開された漁師さんに敬意を表する。「ゆりあげ」という音は、赤貝の噛み応えの感じそのものと思う。

閖上の寒の赤貝いただきます

一月二十七日（金）晴　【季語＝氷柱】

「俳句αあるふぁ」連載の「新秀句鑑賞」執筆。『俳コレ』から「会社やめたしやめたしやめたし落花飛花　松本てふこ」を取り上げる。現代が描かれている。膨大に使われるも佳句なしがたき季語「飛花落花」を「落花飛花」としている批評性にも感銘。

レンタルビデオ屋氷柱籠めなりつぶるるな

一月二十八日（土）晴　【季語＝氷】

俳人協会三賞選考会。今年は評論賞選考である。関森勝夫委員長のもと、岸本尚毅氏の『高浜虚子　俳句の力』（三省堂）と中岡毅雄氏の『壺中の天地』（角川学芸出版）を選出。新人賞は、われらが押野裕君の『雲の座』（ふらんす堂）一冊のみ。

気泡多き氷一片小石の間

一月二十九日（日）晴　【季語＝冷ゆ】

長崎へ押野裕君と。長崎外海《そとめ》地区の遠藤周作文学館、出津《しつ》教会を吟行。夜はランタン祭の丸山町、料亭青柳で句会と卓袱料理。昨年二回開腹手術した明石はま子さんは元気に居原健さんと医学談義。押野君の受賞報告をすると、今里沙子さんが涙する。

教会冷ゆ木目の深き床板も

一月三十日（月）曇　【季語＝菜飯】

午前中、句会。昼食は聖福寺の普茶料理、酒と麦酒は広田助利さんと森永一正さんが買って持ち込んでくれた。川口正博さんが宮崎から駆付けてくれたのもうれしい。明石はま子さんに「毎年一回はうかがいます。元気でいらしてください」と言う。

普茶料理締めの菜飯よ菜の細《こま》か

一月三十一日（火）曇

昨日、高速バスで唐津に。高橋睦郎さん紹介の洋々閣泊。ふとん敷きの名人である仲居のたみさんともいつか友人になってしまった。寿司「つく田」の主、松尾さん、それから「屋台みよこ」のママ美代子さん、顔を見ないでは去れない方が増えている。

【季語＝鰤】

玄海の鰤の臓物煮てくれぬ

ツイッターはじめました

二月一日（水）曇　【季語＝臘梅】

朝食は洋々閣に泊る楽しみのひとつ。庭を見ながらゆっくりと過ごす。笊豆腐がかすかに緑がかっているのもうれしい。朝食の後、食堂入口の大壺に生けた花は臘梅の原種とたみさんに教えられる。

臘梅の原種ぞはなびらの細き

二月二日（木）晴

【季語＝コート】

本連載を「澤」誌に転載したいと、編集部の瀬川耕月さんに漏らすと、さっとレイアウト案を作ってくれた。さらに山口信博さん、大野あかりさんに相談して、練り上げてくれた。縦罫を生かしたデザインに息を呑む。一頁四句組み八頁。転載は四月号からの予定。

TAXI《タクシー》に黒きコートの男四人

二月三日（金）晴　　【季語＝氷】

寒さが厳しい。井の頭公園の池が凍っているのを初めて見た。カルチャーサロン・青山にて俳句講座。終了後、原拓也さんが近づいて来て、事務局を辞したき旨、漏らされる。どうしようもないご事情のようだ。了承せざるをえまい。お世話になった。

こほりの上に氷断面くもるなり

二月四日（土）晴

【季語＝立春】

喨の会の題は「雑誌広告しばり」。かつての漫画雑誌には想像をかきたてる広告が掲載されていた。睡眠中に学べる「睡眠学習機」、服の中が透視できる「スケスケ眼鏡」など。山岸樵鹿君との会話の中で発想したのだが、樵鹿君はその題で作って来なかった。

立春の紙くづほどけゆけるなり

二月五日（日）曇　　【季語＝寒明け】

ビートルズを中学生の頃から聞いてきた。ところが「讀賣新聞」初刷のビートルズ特集に寄稿の各氏が選ぶ三曲は知らないものが多い。ミュージシャンの鈴木慶一氏は「ホワッツ・ザ・ニュー・メリー・ジェーン」を挙げるが、いったいどのアルバムに入っているのか。

うんたらかんたらは真言寒明けぬ

二月六日（月）曇　【季語＝踏絵】

「俳句」三月号の高野ムツオ対談のゲラ直し。津波のため奥松島で命を落とされた、小熊座同人大森知子さんは重要な俳人だった。「地底からも乾杯の声冬桜　知子」を加筆する。震災を予言しているような不思議議がある。知子句集『春の虹』を読んでみたい。

かんばせの失せたまひける踏絵かな

二月七日（火）雨　【季語＝踏絵】

午後、俳人協会の理事会に出席。夜は折形デザイン研究所にて折形句会。白茄子こと、美術家勝本みつるさんが出席。昨秋、緑色のどんぐりの形のかわいらしいオブジェをいただいたままになっていた。緑はやすらぎの色、ぼくらがいつか去った森の色だ。

踏絵の町の家並低しひとかげ無し

二月八日（水）晴　【季語＝春雷】

午前十時、今瀬剛一さんから電話をいただく。昨日の理事会の際、虚子の関東大震災に際しての発言の典拠について質問をしていたのだ。松井利彦著『昭和俳壇史』（明治書院）第三章「獅子たちの座『ホトトギス』」に拠るとご教示いただく。

春雷やシェパード犬の耳立てる

二月九日（木）晴　【季語＝春雷】

虚子は地震と俳句について次のように述べている。「地震そのものは俳句にならず、（中略）俳句は事件を一歩回避した時に起こる、詩趣を詠う文学である」。共感できる。震災と俳句について考える際、今回の震災のことだけを考えていてもだめだろう。

春雷や麺麭一斤を五枚切

二月十日（金）晴　【季語＝雲雀】

駅前の喫茶店で「ＮＨＫ俳句」「俳人のことば」の打合せ。駒崎茂之さんと大久保亜美さんとが、ぼくの句の自解をよく聞いてくれる。台本にまとめてくれるそうだ。宿題が出た。幼少時、青年期、澤の仲間との写真を収録日までに探せとのこと。

別の籠へ雲雀うつすや手包みに

二月十一日（土・建国記念の日）晴

【季語＝日永】

青木一高さんから電話、斎藤靖彦さん逝去の報。享年五十三。古美術商で金工家でもあった。深川の居酒屋をよく案内してもらった。金工の仕事「くろや」のロゴはぼくの揮毫。いい鉄鉢が打てたらもらってもらいますと言われていたが、かなわなかった。

鉄打つて鉄鉢となす日永かな

二月十二日（日）晴　　　　　　　　　　　　　　　　　　【季語＝海苔】

松野篤子さん作成の澤通信句会の郵便会員用プリントを開いた。気になっていた句があった。「薄氷立つ白鳥の胸割りゆけば　高橋和志」を「薄氷割る白鳥の胸薄氷立つ」と添削したのだが、不満。「うすらひ割りゆく白鳥の胸薄氷立つ」と再度改めることとした。しつこくてすみません。

海苔切つて重ねありけり隅そろへ

二月十三日（月）曇　【季語＝鱒】

「澤」三月号入稿。「震災以後の一句」鑑賞原稿募集を加える。恵比寿のジョエルロブションで仕事がらみの昼食。鴨のローストの葱添えが出てきたので、慣用句「鴨が葱をしょってくる」から発想した料理であるかと、フランス人シェフに質問。マブソン青眼さんに通訳してもらう。

深海六千五百メートル潜りし男と鱒を食ふ

二月十四日（火）曇　【季語＝囀】

「ＮＨＫ文化センター八王子」の火曜日教室は、震災後受講生が三分の一となってしまった。今日は加納陽子（燕）さんが新入会。「平均年齢を下げてくれて、ありがとう」と言うと、岸トミ子さんに「平均年齢を上げる私どもは辞めましょうか」と言われてしまう。

零下なれども囀のたかきかな

二月十五日（水）曇　【季語＝白鳥】

安曇野市穂高カルチャー俳句講座へ。田中敦子さん運転の自動車を降りると、かなり大きな純白の鳥が飛騨山脈の方へと飛んでいくのが見えた。なんと四羽もいる。肉眼で白鳥を見たのはほんとうにひさしぶりだ。それだけでしばし幸せな気分である。

白鳥の首伸べ飛ぶや四羽とも

プラタナス実を落さずよ枯れきつて

二月十六日（木）曇

【季語＝名の木枯る】

松本句会の後、上京、千住大橋へ。「ひととき」取材である。「行く春や鳥啼き魚の目は泪　芭蕉」は名句中の名句だが、その初案とされる「鮎の子の白魚送る別《わかれ》かな」も佳句。『続猿蓑』に収録されている。独立した一句と考えられていたらしい。

二月十七日（金）晴　【季語＝風邪】

昨日の千住大橋の取材、雨が雪に変わる寒さだった。「バードコート」で焼鳥。焼酎湯割りであたたまろうと思っていたが、メニューに焼酎は無い。赤ワインを飲む。向かいの「大はし」で焼酎の敵を取り、煮込みと煮込み豆腐を制覇。ということで、今日は二日酔、そして風邪。

わが額《ぬか》に貼りつく風邪の神なりけり

二月十八日（土）晴　【季語＝白子】

坂口昌弘さんより「平成の好敵手第二〇回　小澤實 vs 長谷川櫂」（「俳句界」三月号）のコピーをいただく。ていねいに俳句、論を読み解いてもらった。ただ、長谷川さんの俳句観との相違、ことに芭蕉の「古池や」の句の解釈の違いなども書いてほしかった。

焼白子嚙みきれば噴き出せるもの

二月十九日（日）晴　　【季語＝鯨】

根本啓子さんの「水燿通信」が拙句「秋夕焼象も鯨も老い泣きぬ」をとりあげている。ライアル・ワトソンが目撃した老象と鯨との対話を知って作ったのか、と問われた。それは知らなかった。ぼくは若冲の象と鯨図屛風から発想した。若冲は知識で描いたか、想像で描いたか。

鯨の頭に潮噴く穴や深々と

二月二十日（月）晴

【季語＝永き日】

「俳人のことば」収録。井の頭公園のペパカフェ・フォレストに午前十時集合。大久保亜美さんに「前月収録の池田澄子さんは、キッチンタイマーで一句分四十五秒の自解を練習してこられました」と言われ、めげる。「自然に歩いて」と指示を受けるが、むつかしい。

永き日の池さざなみの消ゆるときも

二月二十一日（火）晴　【季語＝春雷】

近所の寿司屋に行くと不思議な客がいる。鮪の刺身の外見と味とで、その鮪の重さをあてるというのだ。その客は目をつぶって、額に皺を寄せて、しばらく考えた末、「五十キロぐらい」と言う。大将は「当りです。小さい。長崎五島の鮪です」と答えた。

春雷や船の乗りたる潮境

二月二十二日（水）曇　【季語＝鮪】

昨夜の寿司屋で大将は「北の鮪は烏賊を食べているので、鮪の味しかしないけれど、南の鮪は青魚を食べているので、青魚の味がすることがあります」と言った。青魚好きなので、青魚の味の鮪もいいとは思うが、そう感じたことはない。舌が鈍いのだ。

鰯食ひしまぐろか烏賊食ひしまぐろか

二月二十三日（木）雨　　**【季語＝枯蘆】**

「澤」の仲間、村井正子さんの句集『冬日和』（私家版）が出た。句集名は正子さんが眼を病んだ際贈った句、「冬日和みひらけば目の澄めよかし」から取られた。その後、治療が奏功して病が癒えたことが、うれしい。「伸び上がる蚕の貌の白くあり　正子」。

枯蘆のかがやきにけり雨の中

二月二十四日（金）晴　　　　　　　　　　　　【季語＝枯蘆】

「ツイッター」を始める。二十代の友人に「小澤さんがツイッターをやらないかぎり、澤に二十代の俳人が参加することはありえないでしょう」とご託宣をくだされたのだ。たしかに何年もその世代の入会はない。何かをしなくては。でも、どうしたらいいのか。

枯蘆の一葉顫へぬ沼の中

二月二十五日（土）曇　【季語＝下萌】

先日、ふらんす堂に寄った際、岸本尚毅著『虚子選　ホトトギス雑詠選集100句鑑賞・秋』をいただいた。むかし、「青」京都句会に出席して、波多野爽波が『雑詠選集』の名句を読み上げるのを書き取ったことを思い出した。「書き取り」指導法だった。

鉄路岐れぬ下萌の小高きへ

二月二十六日（日）曇　【季語＝春の日】

「青」京都句会に誘ってくれたのは、「鷹」編集部の仲間四ッ谷龍さんだったか。そこで初めて田中裕明にも会った。懇親会は南座近くのうどん屋。二次会は先斗町のバー。そこで爽波が「ホトトギス」の名句を次々に暗誦して、鬼気迫るものを感じた記憶もある。

春の日の長椅子《ベンチ》に眠る男がわれ

二月二十七日（月）晴

【季語＝飯蛸】

大久保、俳句文学館で、紀要委員会。応募論文の紀要掲載を合議する。熱い論議の結果、そのまま掲載、改稿後掲載、不掲載の三種に決める。来月中に執筆者宛ての報告書をまとめなければならない。藤本美和子さんに記録をとってもらっていて、助かった。

茹飯蛸みひらけるものなかりけり

二月二十八日（火）晴　【季語＝白魚】

桑名産の生きている白魚をいただき、提げ帰る。「明ぼのやしら魚しろきこと一寸　芭蕉」は冬の白魚だから、もうちょっと成長している。弘美さんに料理を頼むと、プロバンスの名物料理サルタニャードを作ってくれた。ブルゴーニュの白を開ける。

白魚千かたまりなすも透きとほる

二月二十九日（水）雪　【季語＝雪】

紺のダッフルコートとタートルネックのセーター数枚が欲しいが、買いにゆく時間がない。冬物セールもいつか過ぎてしまったようだ。二月も終る。今日行かなければと、降る雪の中、デパート、洋装店を巡るが、どこの店も売りきれてしまっている。

雪一片らせんのぼりや雪降れる

複雑な春

三月一日（木）晴　【季語＝雪達磨】

「東京新聞」に岡井隆さん連載の「けさのことば」を愛読している。今日は「つちふるや嫌な奴との生きくらべ　藤田湘子」（『てんてん』）。この句の「嫌な奴」はぼくのことだ。湘子には深く愛され、深く憎まれた。湘子の夢はときどきだが、疲れると今でも見る。

雪だるま土に汚れぬ頭も胴も

三月二日（金）雨

【季語＝独活】

「新潮」三月号は「2011年日記リレー」。柴田元幸さんが、モンキービジネス英語版刊行記念イベントについて書いている。ぼくもあの日ブルックリンの書店で、英語で自己紹介をしたのだ。柴田さんは帰国した翌日、なんと授業を行っている。「ほとんどゾンビ状態で喋っている」。

新聞紙包みの独活や秀《ほ》は出でぬ

三月三日（土）晴　【季語＝雛】

お隣の斎藤さんが、昼食のために手製のちらし寿司を持ってきてくださった。錦糸卵が明るく、かまぼこの断面には少年と少女のお雛様があざやか。雛祭にちらし寿司を食べられる幸せ。年末にいただいた烏賊の塩辛もおいしかった。斎藤さん、ありがとう。

ちらし寿司かまぼこ断面に男雛

三月四日（日）曇　【季語＝桜餅】

昨日は連句鑑賞と実作の会。参加者四名。大宮千代さんにこの会がなくなれば澤を退会しますと言われているが、だから続けているのではない。連句が好きだからだ。

鑑賞は『炭俵』に入った。「むめが香にのつと日の出る山路かな　芭蕉」に脇と第三とを付けた野坡の緊張と恍惚を思う。

桜餅葉を三枚やのこさで食ふ

三月五日（月）雨　【季語＝啓蟄】

ツイッターを始めた第二の理由は、榮猿丸さんのことを知りたいからであった。編集長をお願いしているのだが、彼はなかなか句会に出て来ない、話ができない。ツイッターには、よく発言していると聞いたからだ。今日は啓蟄、彼のつぶやきから誕生日と知った。

啓蟄やいかな声あげ生まれけむ

三月六日（火）曇　【季語＝蕨】

一昨日は、五反田ゆうぽうとに「2012スターダンサーズ・バレエ団3月公演」を見に行った。「ステップテクスト」の音楽はバッハ無伴奏バイオリンの「シャコンヌ」より。突然鳴らしたり、途切れさせたりで、どきどき。鍛え抜いた体が動くのを見るのは心地よい。ぼくも踊りたくなる。

わらび摘む急傾斜をば横滑り

三月七日（水）曇　【季語＝蕨】

昨日は新宿京王プラザホテルで、俳人協会各賞の授与式があった。押野裕君の『雲の座』に第三十五回新人賞をいただいた。裕君が受賞の挨拶で「多作の目標は一年間で一万句前後」と述べると、会場全体がどよめいた。ぼくの十倍じゃないか。まいりました。

わらびひともと鋼びかりや草の中

三月八日（木）曇　【季語＝蕨】

二年ぶりに早稲田大学教育学部で、俳句実作一こまを担当する。ポータルサイトにようやくシラバス（授業計画）をアップした。ポータル内を見ていて、未読メール発見。三年前の学生さんが次回講義の際の題を質問していた。すみません、気付きませんでした。

わらび谷日差に温気籠りをる

三月九日（金）雨　【季語＝薇】

長女の就職試験の結果が明らかになった。午後十時を過ぎても電話がないので、寝てしまっていた。翌朝携帯電話を見ると、深夜に着信あり。「次を目指せ」とメールすると、「内定いただきました、懇親会で遅くなりました」と返信が来た。おめでとう。

ぜんまい煮噛めば深山の日の匂ひ

三月十日（土）曇　【季語＝朧夜】

吉祥寺のバー「Woody」で飲む。ブルースを聴きながら、年代もののラムやブランディのグラスを傾けるのは至福。軽快でけだるいブルースを「ジミー・リードは最高だね」と言ったら、バーテンダーの田中雅博さんに「ジミー・ロジャースですよ」と訂正された。

おぼろ夜のラムの魑魅《すだま》とともにゐる

三月十一日（日）晴

【季語＝春の星】

去年の今日は都内の自宅で仕事をしていたが、経験をしたことがない揺れだった。津波の画像は自然とは近づくことのかなわない存在であることをものがたっていた。余震と計画停電と放射性物質が不安だった。人間は心細くささやかな存在にすぎない。それを忘れてはならない。

春の星拳ふたつをひらきえず

三月十二日（月）晴　【季語＝春眠】

「澤」四月号を入稿しなければならない。深夜二時を過ぎようとしているが、川又憲次郎さんの担当分澤集が、編集メーリングリストにアップされない。翌朝、憲次郎さんより「入稿日は明日と思って、ぐっすりと眠っていました」とメール。大物である。即、提出してもらい、入稿へ。

青年の春眠ふかし蒼《そう》帯びぬ

三月十三日（火）晴　【季語＝春水】

昨日は西荻窪おたまじゃくしで「澤」同人選考と新人賞、潺潺賞の選考。賞の選考は一昨年までぼくひとりで行っていた。去年から四人での合議にしたのだが、去年は余震のため集まれなかった。選考委員はぼく以外に葛西省子、榮猿丸、押野裕。よく作品を読み込んでくれた。

春水に手をあらひたり白タオル

三月十四日（水）晴　**【季語＝残雪】**

「ひととき」の取材で、福島県須賀川市を訪ねる。芭蕉の句は「世の人の見付けぬ花や軒の栗」。芭蕉は栗の木蔭に住む僧、可伸を気に入っている。栗に東北の縄文文化の名残を感じとっているのではないか。東日本大震災のため、市役所庁舎が立入禁止になっていた。

残雪の道へと乗り出さんかたち

三月十五日（木）晴　【季語＝烏貝】

昨夜は郡山泊。駅前の春寿司で生の烏貝を食べた。三河産でまだ小さいが、うまみは濃かった。生の烏貝を食べると、桜の季節がちかづいていることを思う。ただ、春寿司では福島の魚介を使わない。福島第一原発から放出の放射性物質のためである。複雑な春だ。

殻剝かれ烏貝黒しなほ動く

三月十六日（金）晴　【季語＝朧】

野澤雄さんが、このところ句会に出てくれている。奥様を亡くされて、伊豆から上京されたのだ。奥様は旅館天城荘の女将で、澤の吟行会もお世話になった。先日の句会で出句の「手帖より妻の折鶴春半ば　雄」に胸をつかれる。ご冥福を祈るばかりである。

朧なり折りあげし鶴掌にのせて

三月十七日（土）雨　　　　【季語＝春雨】

羽田空港も小松空港も雨、そして、雨の金沢へ。弘美さんの公開対談を最前列で聞く。「途中、すこし寝てたでしょ」と終了後に指摘される。不覚にもちょっとの間寝てしまいました。でも、対談はたのしかった。主催の図書館の方々が熱心で、気分のいい催し。

春雨も赤松の幹濡るるまで

三月十八日（日）雨　【季語＝蛙】

兼六園、成巽閣で雛人形を楽しんだ後、高速バスで能登半島の先端、珠洲の湯宿さか本へ。雪が深い。停留所まで主のしんちゃん、坂本新一郎さんが車で迎えにきてくれた。ふしぎな声が響いている。囀りのようだが違う。奥さんに聞くと昨日から蓮田に蛙が集まっているとのこと。

珠洲中の蛙つどひぬ目のあまた

三月十九日（月）曇　【季語＝野兎】

鶯の声で目覚める。しんちゃんに珠洲飯塚窯、中山達磨さん宅にお連れいただく。しんちゃんと達磨さんは飼猫の狩の話をしている。しんちゃんの飼猫は鴨を獲ってきたことがあり、しんちゃんはその鴨で鴨なんばんを作って客に出したことがあるそうだ。

猫狩り来し野兎腸《わた》は猫食へる

三月二十日（火・春分の日）曇のち雨　【季語＝残雪】

さか本のゲストハウスには、ゆったりした椅子と音響装置とバッハのピアノ曲のCD数枚、写真集、コーヒーお茶の類が備えられている。大きな窓からは沼が見え、端正な弥生式土器の壺が据えられている。能登空港の飛行機の時間までゆっくりさせてもらう。

残雪の塊小さうならず雨降るも

三月二十一日（水）晴　【季語＝残雪】

田中敦子さん運転の車に、豊科で川崎栄子さんが乗り込んでこられた。そして、町の東側に「けつだし山」なる山があることを教えてもらった。ふたつのこんもりとした山が並んでいて、まさに「けつ」である。栄子さんに頼んで「けつだし山」の写真をもらってしまった。

残雪やけつだし山は尻の形

三月二十二日（木）晴　【季語＝雪残る】

島田牙城さんがツイッターに、深見けん二編『高濱虚子句集　遠山』（ふらんす堂）掲載の「青」創刊祝賀の句「チューリップヒヤシンスやがて梅椿」を「チューリップヒヤシンスのち梅椿」と記憶していたと書いていた。ぼくも「のち」で覚えている。

常念岳《じょうねん》もけつだし山も雪残る

三月二十三日（金）曇　【季語＝春雨】

島田牙城さんの報告によれば、「青」には「チューリップヒヤシンスのち梅椿」で掲載。『句日記』では「チューリップヒヤシンスやがて梅椿」で掲載されていた。『句日記』編集時に虚子が改作したか。「のち」は率直、「やがて」は優雅。どちらが上か。

春雨や羽虫三匹巴飛び

三月二十四日（土）曇　【季語＝野焼く】

東京駅の中央線から新幹線へと乗り換える通路で、建築家の安藤忠雄氏とすれ違った。絶え間ない人の流れの中ではあるが、たしかに数秒は目と目を合わせた。元プロボクサーであったはずだが、気配が柔らかい。想像よりもずっと小柄な方であった。

ヤキソバパン歩き食ひなり野焼きつつ

三月二十五日（日）晴

【季語＝野焼】

中村好文さんの『住宅巡礼・ふたたび』（筑摩書房）の安藤忠雄設計「住吉の長屋」の章を再読。部屋から部屋に移動する際中庭に出なければならない構造に、造化とともに生きよと説いた芭蕉を思う。好文さん訪問時に流れていたソニー・クラークの「クールストラッティン」を聴く。

眉ふたつしろじろ焼けぬ野焼果つ

三月二十六日（月）晴　【季語＝野火】

一昨日名古屋の句会場から名古屋駅まで、石清水八幡宮の宮司、田中恆清さんと歩いた。恆清さんに「神様の力で、放射能除染ということはできないですか」と質問した。「できません。地震を防ぐ神様もおらんのです」。ひとびとは神様に無理なお願いをしない。

彼《か》の岸の野火来たりけり此岸にも

三月二十七日（火）晴　　**【季語＝春の虹】**

八田木枯さんご逝去。木枯さんと深川あたりで呑んだのは十数年前か。酒がものすごく強く、ものやわらか。「洗ひ髪身におぼえなき光ばかり」など初期の句がよく引用されるが、『鏡騒』の老をさえざえと詠んだ句にも打たれる。「老人のかたちになつて水湧かむ」。

春の虹断片なれど色しるし

三月二十八日（水）晴　　　　　　　　【季語＝春の虹】

「東京新聞」三週分の選句を終了、送付。今回「初音」という季語が含まれている句を何句か見た。今回の句の「初音」は鶯のものとして用いられているだろう。ただ、時鳥の場合にも「初音」は使う。「鶯の初音」と鳥の名を補って使うべきではないか。

雑居ビルすべて金貸春の虹

三月二十九日（木）晴　**【季語＝桜草】**

調布市仙川駅から歩いて、東部公民館で仙川句会。公民館の俳句講座が終了後、自主句会として続いている。発言もにぎやか。なかなか「澤」にまで入会してくださる方はいなかったが、このところぽつぽつとお付合いくださる方がいる。これは心の底からうれしい。

桜草ずぼんの膝の照りにけり

三月三十日（金）曇　【季語＝花冷】

西伊豆松崎町での花と浪漫の里俳句大会へ。昨年は震災で中止だったが、今年は再開できて、桜は三分咲き。宿の山光荘はつげ義春が「ねじ式」を描き上げたところ、温泉も磯料理もすばらしい。商工会議所の鈴木基さんと地元の黒米焼酎「百笑一喜」で乾杯。

花冷や鯛も金目《きんめ》鯛も二尺もの

三月三十一日（土）雨　【季語＝花】

昼食は三好 松崎本店の鰻。選者の大串章さん、黒田杏子さんと。三人とも波多野爽波に電話をもらっていた。爽波は酔った後、電話してきていたらしい。大会出席者は雨ながら七十数名。「俳句」編集長の鈴木忍さんも参加してくれた。桜は五分咲き。

雨の花しだれぬ川の面《も》に触れず

花を見し記憶なし

四月一日（日）晴　　　　**【季語＝菜の花】**

エイプリルフール。「東京新聞」の歌壇俳壇欄は、「ウラ原子力ムラの野望　低速増殖炉みろく安全神話の決定版」「日本にいた逆白黒パンダ　和歌山の山奥　生きた化石か」「口元チェック　アホかいな　大阪市の教員君が代を特訓　腹話術合唱団を旗揚げ」などの記事の頁の隅。

菜の花や昨夜《よべ》なる雨の濁り川

四月二日（月）晴

【季語＝菜の花】

昨日は東京マッハvol.３に参加。会場は新宿歌舞伎町ロフトプラスワン。メンバーは、千野帽子、堀本裕樹、長嶋有、米光一成の各氏にゲストの弘美さん。会場の百五十名が若い。聴衆も全員が選句した上で、句会を目撃する。俳句、句会の秘めている力に瞠目の一夜。

枯草に生ひ菜の花や菜の花がち

四月三日（火）晴　【季語＝山桜】

一昨日の東京マッハvol.3の打ち上げは歌舞伎町の鳥良。書評家豊崎由美さんの手羽先の唐揚げの骨外し、奇術のごとし。千野帽子さんが最初に読んだ俳句の本は藤田湘子著『20週俳句入門』、小林恭二著『俳句という愉しみ』と聞き、親しみが増す。帰宅は午前四時。いけません。

やまざくらあをざむ山の木々の中

四月四日（水）晴　　　　　　　　　　　　　　　　　　【季語＝花】

昨日は俳人協会の理事会、大久保の俳句文学館へ。「俳句文学館紀要第十七号」応募論文の審査結果の文書十五通をようやく作成。吉野洋子さんに渡して、発送を依頼。再提出の五名の諸氏が問題点を訂正して、送り返してくれることを願うばかりである。

去年花を見し記憶なし花を見る

四月五日（木）晴　【季語＝桜】

一昨日は、帰宅時間に暴風が吹くと予報があった。しかし、折形句会は実施。会場の折形デザイン研究所は木造二階建ての一階。窓ガラスが風に鳴りわたる音をひさしぶりに聞いた。句会、そして、冷酒を酌む。平凡社の下中美都さんが、「桜が大風を呼びました」と言った。

ガラス窓風に鳴りをるさくらかな

四月六日（金）曇　　【季語＝花の昼】

一昨日は、浅草の台東区民会館で俳人協会主催の「花と緑の吟行会」で講演。「芭蕉の花の句、桜の句」。芭蕉の花と桜の全句を紹介した。花の句は明るく、比べると桜の句には翳りがあると話す。花には酒の句があるが、桜には酒の句は無いのだ。

花の昼カルビは炎あげにけり

四月七日（土）曇

浅草での講演、約三百人の聴衆によく聞いてもらった。会終了後、「澤」の仲間と飲む。店は浅草寺の北側の「釜めし　むつみ」。新井寛さん紹介の店だ。明るい内から飲めて、刺身も煮物、焼物もなかなかのもの。ビールと芋焼酎の水割りが進んでしまう。

【季語＝桜】

あさくさに酒酌みに来しさくらかな

四月八日（日）晴

【季語＝花屑】

小島ゆかりさんがふらんす堂のホームページに連載の「短歌日記」で、拙句「かげろふやバターの匂ひして唇」を引用の上、本歌取りしてくださっている。「会はぬ日の男はこゑとおもふなりバターの味の濃くなる四月」。官能的である。感激というより、ちょっと動揺。

にはたづみ花屑の吹きよせられぬ

四月九日（月）晴　　【季語＝花冷】

跡見学園女子大学文学部と早稲田大学教育学部の講義が始まる。半年ぶりの跡見の副手さんは、さっと教科書を出してくれる。二年ぶりの早稲田の副手さんは「髭お作りになりましたか」と聞いてくれる。覚えていてくれたんだ。両クラスとも受講の学生さんは十数名。

花冷や篦に掬へる餃子の具

四月十日（火）曇　　**【季語＝春昼】**

「ＮＨＫ文化センター八王子」で講座。志村勇さんが「ノンアルコールビール」は季語であるか質問。ぼくは「ビール」の派生季語にすべきでしょう、と言うが、勇さんは季語として認めたくないと強硬。それだけ「ビール」そのものが大事ということ。それは理解できる。

春昼や餃子足しゆく白木箱

四月十一日（水）雨

【季語＝花の昼】

「毛皮はぐ日中桜満開に　佐藤鬼房」を思い出す。「満開に」とあるから、ソメイヨシノを思ってしまうが、この桜は山桜。咲きほこる山桜のほとりで、鹿の毛皮を剝ぎとっている縄文時代の男を思う。この男は作業しながら桜の花をたしかに意識している。

箱に餃子満つれば重ね花の昼

四月十二日（木）晴　【季語＝海胆】

「ひととき」取材で、尾花沢へ。いまだ残雪が深い。桜の気配は一切ない。山形へ出て、夜は「いじやま寿司」。北海道産のバフンウニと青森産のムラサキウニとを食べくらべさせてもらう。さらに大将の紹介でバー「バラード」、山形産サラミソーセージで国産ウイスキー。

ムラサキウニだいだいバフンウニきいろ

四月十三日（金）晴　　**【季語＝雪残る】**

バー「バラード」のマスターの紹介の蕎麦屋「竹ふく」で昼食。盛りとかきあげのセットを頼む。蕎麦に透明感があって、青みを帯びている。香りも高い。小上がりでは男性六人が、燗酒を酌みだした。ひじょうに魅かれるが、なんとか酒は踏みとどまる。

出羽の蕎麦半透明や雪残る

四月十四日（土）雨

【季語＝燕】

懸案の「澤」の新発行所であるが、嶋田恵一さんが引き受けてくださることになった。嶋田さんの事務所を投句をはじめ郵便物の宛先とさせてもらう。なんとかこれで「澤」も続けていける。恵一さんに深く感謝する。新しい発行所は阿佐ケ谷となる。

池に雨粒つばくらめ低く飛ぶ

四月十五日（日）晴

【季語＝蛤】

今回の発行所の移動に際して、「澤」の見本誌などの発送業務を栃木県の生井敏夫さんにお願いすることにした。快諾に感謝。新発行所の嶋田さんの負担を少なくするためでもある。東京以外にお住まいの仲間にも、「澤」の運営にたずさわってもらいたいのだ。

蛤のうはつと開きぬ燠の上

四月十六日（月）曇

【季語＝蛤】

「澤」五月号入稿。見返しに「発行所移転のお知らせ」を入れてもらい、他の各所も新発行所に訂正してもらう。夕刻、山口デザイン事務所の大野あかりさんから電話、「投句はがきの宛先、新発行所にしなくていいですか」。混乱を招くところだった。感謝。

蛤の汁燠に落つ音と香と

四月十七日（火）曇　【季語＝蛤】

俳句文学館で、俳人協会全国俳句大会予選。文学館の入口に阿波野青畝の色紙「山又山山桜又山桜」が掲げてある。「山」「又」「桜」漢字たった三種類だけで、かくも奥深い世界が描けるとは。書もやわらかくていい。青畝翁もなつかしく、たいせつな人だ。

蛤の殻開き鳴る鍋の内

四月十八日（水）晴

【季語＝花屑】

昨夜は友人の建築家木村優さん宅で花見。庭に昭和二年に植えられた山桜の大木がそびえる。若葉が伸びていたが、花もまだ残っていたのがうれしい。七輪の炭火で稚鮎や牛肉を炙ってもらう。今年の花を惜しむ。今年の花の句をつくりえていないことに焦る。

玻璃窓にはなくづ着くよ吹かれ来て

四月十九日（木）晴

【季語＝花屑】

昨夜の信濃大町の「せせらぎ会」「やまなみ会」そして今日の「松本句会」の兼題は「蚕」。秀句揃い。ぼくは小学生時代に飼ったことを思い出して作句したが、仲間の「蚕」体験の広さ、深さに感嘆する。出句によって、「蚕」の飼い方も時代によって変化していることがわかる。

はなくづの吹き上がるなり斜めなす

四月二十日（金）曇　【季語＝熊穴を出づ】

一昨日の信濃大町の句会の際、新澤岳さんに冬眠から覚めた熊の話を聞いた。目覚めた熊はまず座禅草を食べるのだという。座禅草は毒草で、熊はそれを食べることで、体内の汚れを払うとのことだ。新澤さんは東京から安曇野に移り住み、自然の中で暮らしている。

冬眠より覚めたる熊やただ坐る

四月二十一日（土）曇

【季語＝座禅草】

名句会の題は「はまぐり」。出句された句によって、さまざまなことを知る。はまぐりの殻の模様やかたちによって貝の年齢や国籍まで判断できるそうだ。桑名にははまぐり専門の料亭もあるとか。桑名の「日の出」、ちょっと訪ねてみたくなった。

座禅草食ひをる熊やあぐらかき

四月二十二日（日）曇　【季語＝蚕豆】

松浦寿輝さん泉さんを弘美さんとともに訪ねる。おふたりの愛犬ゴールデンレトリバーのタミーは、寿輝さんの讀賣新聞で連載中の小説『川の光2』のモデル、弘美さんの句「徹頭徹尾機嫌のいい犬さくらさう」のモデルでもある。美しく、元気で、まさに機嫌がいい。

そらまめにたけのこ炒めくれたるよ

四月二十三日（月）雨

【季語＝春雨】

午前中、打合せ。駅前の喫茶店で、石寒太さん、中島三紀さんと会う。毎日俳句大賞選者の件と「俳句αあるふぁ」の特集「小澤實の世界」の件。自筆色紙一枚とこどものころの写真のアルバムを持っていく。あと、自選二百句とエッセイとを用意せよとのこと。

春雨や路地乗捨ての三輪車

四月二十四日（火）晴　【季語＝筍】

京都から好物のたけのこがなんと三箱も届いた。さっそく弘美さんが茹でている。バッハの「無伴奏チェロ組曲」、それもパブロ・カザルスの荒々しい演奏を大きな音で鳴らしている。ぼくは剝かれたたけのこの皮をまとめて捨てるぐらいしか手伝えない。

カザルスの無伴奏チェロ筍剝く

四月二十五日（水）曇　　**【季語＝開帳】**

上野の東京国立博物館、ボストン美術館日本美術の至宝展。「法華堂根本曼荼羅図」に見入る。天平時代の精密に描かれた仏画はこれ以外にないはず。仏が小さく描かれていて、背景に渾沌とした森が広がっている。震災以後の心細いぼくらに響くものがある。

曼荼羅の森の深しよ出開帳

四月二十六日（木）雨　【季語＝春日】

昨日は、隣のアパートの住人の方が飼っているイグアナを今年初めて見た。体長約六十センチ（目測）。タオルケットの上で、晩春の日を気持ちよさそうに浴びている。最初に見た時は幻覚かと思ったが、あくまでも現実。近隣の鳥が騒いでいる。

イグアナの目を開けぬ意思春日差す

四月二十七日（金）雨　【季語＝蛇穴を出づ】

一昨日、井の頭公園の池のほとりにしつらえられた水鳥用の巣箱の屋根にあおだいしょうが二匹載って日を浴びていた。大きいものと小さいものの、蛇の夫婦だろう。近くにはたくさんの人がいるのだが、二匹の蛇に気付いていない。巣箱に鳥は決して入るまい。

穴を出て蛇の雌雄や屋根の上

四月二十八日（土）曇　【季語＝麦畑】

ふらんす堂ホームページの奥坂まやさん連載「鳥獣の一句」に拙句「ふはふはのふくろふの子のふかれをり」が取り上げられる。懇切な鑑賞に感謝。この句、季語「ふくろふ」から冬季に置かれることが多い。「ふくろふの子」は初夏の季語としたい。

麦畑のふかふかどきや深みどり

四月二十九日（日・昭和の日）曇　　　　**【季語＝蚕】**

一昨日は俳人協会千葉県支部の講演のためのレジュメを作った。演題は「句集の風景」。今年の受賞句集から句を抄出する。山本洋子句集『夏木』（ふらんす堂）に感銘。「うぐひすやたちまち乾く嬰のもの」「竹生島しっかり見えて魂まつり」。無常が描かれている、と思う。

手の甲に置いて蚕やひややひやと

四月三十日（月・振替休日）曇　【季語＝蚕】

昨日は俳人協会千葉県支部で講演。増成栗人さんに千葉駅に迎えに出ていただく。増成さんに「昼飯は鰻か寿司かどちらにしますか」と聞かれる。究極の質問である。考えた末、「鰻」と答えた後、最近の鰻の値上がりを思い出して、くよくよする。

蚕飼ふ菓子箱置くや枕上

お原稿はどうなっていますか

五月一日（火）晴

【季語＝春の暮】

一昨日は俳人協会千葉県支部で講演、句会講評、懇親会。「澤」の左官屋宇兵衛さんが二次会を用意してくれた。海燕亭。千葉の地酒を何種か持ち込んでくれている。結城あきさん、宮田應孝さんに付き合ってもらう。「うまい」と「危険だ」を交互に言いつつ、つぎつぎに壜を開けていく。

雲を見て歩いてきたり春のくれ

五月二日（水）曇　【季語＝雪残る】

一昨日は「ひととき」取材で山形県の出羽三山、羽黒山へ。山中はまだ雪が厚く残っている。五重塔がまわりのどの杉の木よりも背が低いのがいい。塔を見上げていると、体操着を着た女子高生に囲まれてしまう。仙台からバレーボールの練習試合に来たとのこと。

杉杉杉塔杉杉杉雪のこる

五月三日（木・憲法記念日）雨　【季語＝花の山】

羽黒山へと入る大鳥居のまわりが、桜のちょうど花盛りだった。帰途、鶴岡駅から羽越本線の特急いなほに乗って、新潟へと向かう。日本海は美しいが、山側の雑木山に点々と咲いている山桜が、桜の見納めになるのだろう。今年も花の句をまだまだ作り足りない。

花の山わが屍《しかばね》を埋めくれよ

五月四日（金・みどりの日）曇　　　　　【季語＝烏賊】

一昨日は栗八句会。題は「烏賊」だったので、小夜さんがさまざまな烏賊の料理を出してくれる。ほたるいかの塩辛、有馬煮、するめいかの丸煮、あおりいかの刺身。先月、花見でお世話になった木村優さんにお礼を言いたかったが、お休みで残念。

烏賊の耳いまだ煽るや断たれても

五月五日（土・こどもの日）晴　　**【季語＝烏賊】**

終日、「澤」の選句。春は果ててしまった。今年の「春惜しむ」が実感できなかったのは、春が特別な喜ばしき季節でなくなってしまったからかもしれない。放射線事故の影響もおそらくあるだろう。「ゴールデンウイーク惜しむ」という気分はしかと味わうが。

烏賊わたぶくろ抜きえたり虹光り

五月六日（日）晴　　　　**【季語＝烏賊】**

「澤」の選句。廣瀬直人主宰「白露」終刊と聞く。飯田龍太の「雲母」終刊を受け継いでおられる。大結社の終刊はさぞたいへんだろう。「澤」も一代限りのつもり。二代目の負担はかけたくない。「澤」という結社の所有物は、できうるかぎり少なくしておきたい。

わが舌をげそ吸盤の吸ふあはれ

五月七日（月）晴　　　　　　　　　　　　　　　　　　【季語＝暮の春】

「澤」の選句終了。今月入力担当の池田瑠那さんに送る。大学では句会の進め方を教える。一番面倒なところは披講。参加者全員に披講してもらう。披講、名乗り、点盛りを同時に進めなければならないが、難なくできたのは若さゆえか。句会にも俳句にも親しんでいってほしい。

てのひらに志野水滴や暮の春

五月八日（火）晴

【季語＝汗】

昨夜は古川日出男さん、千枝さんと飲んだ、弘美さんとともに。最初は「いせや　公園店」でということだったが、定休日で入れず。五日市街道沿いの「たるたるホルモン」へ。鮮やかな味覚。フランス訪問の土産話をうかがう。仕上げは居酒屋「闇太郎」。気持のいい酔い。

ホルモン焼く汗の額の照りあへる

五月九日（水）曇　　【季語＝青葉】

三鷹の理髪店へアーサロンヒラタに行く。初代は太宰治の髪を切ったことがあるという老舗だが、ぼくは三代目の青年と雑談をするのが好き。「たるたるホルモン」に行った話をすると、なんと常連。フットサルの帰りに仲間と寄って、ただ一言、「メニュー全部」と頼むとのこと。

食べきつてメニューのすべて青葉の夜

五月十日（木）曇　【季語＝蝿】

先日、「闇太郎」で飲んでいると、ＮＨＫの番組「俳句王国がゆく」のディレクター公文浩人さんから電話。「今日、俳句の締切だったんですが、投句はされましたでしょうか」。失念していた。ことばは丁寧だが、その奥になじっている調子を感じないわけにはいかない。

蝿の舌に密生の毛や舐めらるる

五月十一日（金）晴　【季語＝筍】

先日、中央線国分寺駅で下車しようとしていると、NHK文化センター八王子教室から電話。臨時講座の依頼か、嫌だなと思いつつ出ると、「今、先生のお講座の時間ですが、どうなさいましたか」。吉の会と勘違いしていました。即、八王子へと向かい、大遅刻なれど、やり遂げる。

たけのこ藪あるくや両手竹に触れ

五月十二日（土）晴　【季語＝夏】

「俳句王国がゆく」収録のため志賀高原へ。気温は零度以下、吹雪。コートを持って来るべきでした。使い捨てカイロを背中に貼って、渋温泉と須賀川地区の蕎麦屋でロケ。蕎麦屋では「はやそば」を食べた。大根、えのきだけなどの野菜が入った、柔らかく伸ばした蕎麦がき。

残雪も夏に入りたりまた吹雪

五月十三日（日）晴　　**【季語＝蕗の薹】**

志賀高原総合会館98で「俳句王国がゆく」公開録画。俳句の三番勝負だが、それぞれ名勝負。三番目のコカリナ（木製オカリナ）を詠んだ即吟もやらせなし。聴衆の団扇の色で勝敗を決するのだが、多くの聴衆にも番組をおもしろくしようという確かな意思を感じた。

はやそばの木杓子掬ひふきのたう

五月十四日（月）曇　【季語＝岩魚】

「俳句王国がゆく」ゲストの清水アキラさんはものまね芸人。セロハンテープで顔面を整形しての研ナオコのものまねが印象に残る。公開録画前日には、真剣に俳句を作ってくださった。地元山ノ内町出身の方で、こどもの頃の川遊びの話も忘れがたい。

手づかみに岩魚獲りたり巌の下

五月十五日（火）雨　【季語＝山桜】

すこしくたびれているが、二つの大学で、若い人たちとの句会を連続二回行うと、ちょっと元気になる。昔から句会に出ると、元気が回復するのだ。これはぼくだけの特殊な体質であろうか。こういうところから、俳句の不思議な力を実感してきた。

しらかばばやしひともとのやまざくら

五月十六日（水）曇

【季語＝歯朶萌ゆ】

早稲田大学の構内で、古書展が開かれていた。帰りにちょっと覗いてみると、数冊欲しくなって買ってしまう。河東碧梧桐の『画人蕪村』（中央美術社）など。蕪村研究も発句だけではなく、画業まで見渡してしまうところが、碧梧桐のふところの深さである。

歯朶萌え出でぬ杉林奥深く

五月十七日（木）曇　【季語＝雪渓】

昨日から安曇野に来ている。川崎榮子さんに山の名前を教えてもらう。常念岳を安曇野側から見て、その右側の山にも、当然のことながら、ちゃんと名前があったのである。横通岳《よことおし》。いい名前ではないか。今までは常念岳しか目に入っていなかったのだ。

横通岳の雪渓なほゆたか

五月十八日（金）晴　**【季語＝常念坊】**

常念岳の雪形、常念坊がちょうど見ごろ。大きな徳利をぶらさげた僧形である。雪形という季語は認められてきているが、常念坊まで季語として認めてもらうのはむつかしいかもしれない。常念坊を仰いで安曇野の酒を酌みたいというのが、ぼくの夢のひとつ。

常念坊よ徳利に酒残りゐるか

五月十九日（土）晴　　【季語＝涼し】

写真家、渞忠之さんの個展「月喰。」を拝見。茅場町霊岸橋のたもとの古いビルの中の森岡書店。「月」が不思議な「もの」であることを再発見する思い。「月」をはじめて見たという感じさえあり。ぼくは今まで「月」を直視してこなかった。気配を感じるだけだった。

月の海も隕石孔も涼しいぞ

五月二十日（日）曇

【季語＝さくらんぼの花】

「ひととき」の連載「芭蕉の風景」脱稿。「涼しさやほの三か月の羽黒山」を書く。「ほの三か月」には「ほのかに見る」と「三日月」という掛詞が含まれているが、和歌・連歌にすでにある表現であった、と尾形仂著『おくのほそ道評釈』（角川書店）に学ぶ。

さくらんぼの純白の花枝に満つ

五月二十一日（月）曇　　　　　　　　　　　　　　　【季語＝蕗】

一昨日は国分寺にて「澤」定例句会。武蔵小金井駅新上り線切換工事のため中央線三鷹〜立川間の列車が大幅に運休となることがわかっていたが、会場を変更することができなかった。心配しつつ会場に行くと、八十数名の出句。懇親会ももちろん実施、仲間が頼もしい。

蕗《ふき》叢《むら》に舗装の径《こみち》絶えにけり

五月二十二日（火）晴　　【季語＝蕗】

一昨日の朝、金環日食があった。日食観察用グラスを買い損ねたので、薄いブラインドを下ろして、サングラスをかけて、観察した。おぼろげなるも、勾玉形になり、リング状になるのを肉眼で確かめえた。天空に関心を持つのはいいこと。だが、句材としては、かなり難しい。

蕗叢を歩くや膝に蕗の葉鳴る

五月二十三日（水）晴　　【季語＝蕗】

「俳句αあるふぁ」のエッセイ執筆。俳句を始めた頃のことを思い出している。句ができるとノートに記して、信州大学の宮坂静生さんの研究室を訪ねた。大学図書館司書の清水治郎さんと深夜まで語り合ったこともあった。あれから三十五年が経っている。

蕗の葉は切り落したり蕗の茎

五月二十四日（木）曇

第一回星野立子賞の要項が発表されている。ぼくは新人賞ではなくて、正賞の方の選考委員である。しかと向きあわねば。選考委員の中には、後藤比奈夫さんも入っている。大正六年生まれ、俳句歴は六十年に及ぶ。選考会でお目にかかれるのが楽しみ。

【季語＝蕗】

手の動き蕗の筋取る速し速し

五月二十五日（金）晴　　【季語＝蕗】

「澤」六月号到着。表紙の永田耕衣翁の書はひらがなの「み」一字。ぼく宛のはがきの字から抜き出してデザインしてもらっている。四月号は「う」、五月号は「さ」と来たので、月名「みなづき」の「み」だったと気付いた。耕衣の「み」の字、やや前傾で、元気がいい。

蕗の茎切りをりなべて丈二寸

五月二十六日（土）晴　【季語＝蕗】

「澤」六月号は押野裕句集『雲の座』（ふらんす堂）特集。藤本美和子さんの評の格の高さ。「一巻を読み進めてゆくうちに、屹立する山々が遠く、また近く現われては消える」。いつもは才余って悪ふざけに至る林雅樹さんの評も、なんとかぎりぎり踏みとどまっている。

蕗と煮てみがきにしんの皮照りぬ

五月二十七日（日）晴　**【季語＝蕗】**

新宿、京王プラザホテルで、「海程」五十周年祝賀会。乾杯の音頭は、陸軍の戦車隊長の西澤實氏。トラック島での句会が「海程」の原点だったとのこと。俳句の新を支えて来た金子兜太さんと「海程」のみなさんを祝う。帰りに握手した兜太さんの手が、柔らかくふっくらしていた。

煮し蕗の透きとほりたり茎の虚

五月二十八日（月）晴　　　　**【季語＝薔薇】**

「海程」の会の二次会はホテルの近くの居酒屋。久しぶりに小林恭二さんとゆっくり話をする。「俳句」編集長鈴木忍さんが近づいてきて、「小澤さん、どうしてこんなところでお酒を召し上がっていらっしゃるのですか。お原稿はどうなっていますか」とにこやかに言われる。

葡萄酒のわが血より濃し薔薇の卓

五月二十九日（火）曇　**【季語＝沢蟹】**

「ひととき」取材で、吉野へ。駅に着いた際は激しい雨だったが、さっと上がった。金峯神社から山中に入り、苔清水、西行庵を歩く。西行、芭蕉が使ったと伝えられる清水がいまだに生きて湧いている。現在の日本でもっとも西行、芭蕉の気配の濃い場所である。

西行の道沢蟹のよこぎれる

五月三十日（水）曇　【季語＝蛙】

昨日は金峯山寺の本尊、蔵王権現の秘仏開帳を拝す。同寺では六田知弘氏の写真展「OKUGAKE」と白洲信哉氏展示構成の経塚遺品展を開催。金峯山経塚の出土品は、垂涎の品々。新発見の平安時代金銅蔵王権現像は、メトロポリタン美術館蔵品に次ぐ美作。

大峯奥駈道蛙跳ね石のいろ

五月三十一日（木）曇　【季語＝夏草】

一昨日は大阪千日前泊。小路に「ジェムソン・バー」発見。ジェムソンは森下秋露さん、池田瑠那さんのアイルランド土産にもらったウイスキーだった。蒸溜三回の美酒、水割りは惜しくてロック。主の内田浩司さんは柴田元幸ファンで、氏の訳著を四十冊はお持ちとか。

倒木に生ひ忍苔夏草も

ビールをズボンに注ぐ男

六月一日（金）曇

【季語＝葉桜】

昨日は朝日カルチャーセンター立川で、公開選句。以前の結社に所属の頃、ここの他いくつかの教室で講座を持っていた。退会後、ここを含めすべてを解雇された。毎年一度この教室に来ると、その頃のことを思い出す。定期講座を持つよう毎年勧められるが、その気にはなれない。

葉桜に蔵王権現さびしきか

六月二日（土）晴

【季語＝虹】

遊菜さんが、震災後の津波のため奥松島で亡くなった大森知子さんの句集『春の虹』（槐書房）を送ってくれた。交友があったという。「涙袋のやうな一湾冬すみれ」「火の鳥となるまで歩く初渚」「わが柩シホカラトンボに擔がせむ」。震災以前に作られた句とは思えない。

虹立てば一人《いちにん》の死者つよく思ふ

六月三日（日）曇　【季語＝若楓】

「海程」の会で柿本多映さんに「『俳句四季』四月号の小澤さんの句のコピー、末次エリザベートさんに送りましたよ」と言われたことを思い出す。震災後、句ができなかったが、京都の翻訳家エリザベートさんを訪ねて以来、できはじめたのだ。その句をご本人にお送りするのを失念していた。

水汲んでくもるコップや若楓

芝の上《え》に胡坐かきたりわかかへで

【季語＝若楓】

六月四日（月）晴

「俳句」七月号の「名句と歩くおくのほそ道」ようやく完成。芭蕉発句十八句の口語訳、鑑賞を終え、河合和佳子さんに送稿。散文の部分はかなり難解なので、発句から読んでみるという入門のしかたが、たしかにあると思う。芭蕉の句の巨大さをあらためて確認。

六月五日（火）晴　【季語＝若楓】

江東区芭蕉記念館での講演「芭蕉の遺したもの」の速記録を整理。なんと十頁分を二頁に短縮せよという指示である。ばっさり切って、最終章だけ残すこととする。「笈の小文」冒頭の部分の解説と震災原発事故の俳句に与えた影響についてだけになる。

若楓閉ぢたる傘をつよく巻く

六月六日（水）雨　　　【季語＝若楓】

今週も讀賣俳壇の選が、遅れている。選者指定制だが、表に小澤實選希望、裏に矢島渚男選希望というはがきを発見した。何という移り気。こういうはがきは読む必要もないが、読んでみるとやはりひどい。渚男さん宅に行かなかっただけよかったとするか。

若楓打ち動かせる降りとなりぬ

六月七日（木）曇

【季語＝若楓】

讀賣俳壇の選に毎回、短歌を送ってくる人がいる。小池光さんと間違えているのかもしれないが、はがきにはしかと「小澤實選希望」と明記されてある。短歌俳句欄を開くことなく、思い込みのままに投稿して来るのか。ぼく自身もこれに類したことをどこかでしているかもしれない、と思う。

傘差すも濡るるワイシャツ若楓

六月八日（金）曇　**【季語＝繭買】**

編集者の方に電話をするのは、ぼくの場合、原稿の締切延期をお願いする際に限られるようだ。俳句総合誌以外の編集者の方にはおずおずと「俳人の小澤ですが」と名乗る。その際にちらりと「廃人」と漢字をイメージしてしまう。「俳人」という肩書、嫌いではない。

繭買の男の左目は義眼

六月九日（土）曇　【季語＝繭】

昨日は眞鍋呉夫氏の逝去を知らす内田董一さんのメールで目覚めた。「澤」四周年記念号「挨拶」特集の呉夫氏とぼくとの対談は次のように始まる。「僕のことを俳壇広しと言えども『呉夫さん』と呼んでくれるの、あなたと飯田龍太さんだけですからね」。

繭籠る蚕ぎりぎり見えゐるよ

六月十日（日）曇

【季語＝新繭】

耳もとに新繭振ればさなぎ鳴る

「秋空に人も花火も打ちあげよ　眞鍋呉夫」『花火』（昭和十六年刊）と「ひとありてわれもたのしきいのちかな　矢山哲治」の若々しい応酬が美しい。ぼくが散文で「ぼく」という一人称を用いているのは、呉夫さんの一人称「僕」からの影響かもしれない。

六月十一日（月）曇

【季語＝新玉葱】

一昨日は下北沢にて、嘵の会。「澤」の選句を完成させた後、海鮮居酒屋「大庄水産」での宴会に参加。榮猿丸さんがぼくにビールを注いでくれる。ところが、ビールはコップにではなく、ぼくのズボンの膝の上にかけられている。何が起こっているのか、すぐにはわからない。

新玉葱うすくきざみぬかつぶしかけ

六月十二日（火）曇　【季語＝玉葱】

「澤」創刊十二周年記念吟行俳句大会の選句をしている。全員の作品を予選、本選、特選に振り分けていく。四日市まで来てもらう仲間の句を、予選にはしたくないとも思う。が、不完全な表現の句は予選にすることこそが愛と考え、どんどん△印を付けていく。

玉葱はよく焼く肉は炙るのみ

六月十三日（水）晴　【季語＝玉葱】

「澤」創刊十二周年記念吟行俳句大会の選句完成。句会録作成係の瀬川耕月さんに送付。耕月さんからは、ファクシミリは見にくいのでだめ。携帯電話のカメラで選を加えた句稿の全ページを撮影して、写真をメールで送ってくれと、言われている。

両脇に盗みたまねぎ猿逃ぐる

六月十四日（木）晴　【季語＝乾鮭】

上野の東京芸術大学美術館へ行って、高橋由一展を見てきた。同壁面に並べられていた「鮭」の絵三点、どれが一番いいかと悩む。「もの」を描く喜びに満ちている。愚直を極めた描写に励まされる。由一は明治二十七年没。子規と同時代人である。

鮭吊す縄の端出て鰓の脇

六月十五日（金）雨　【季語＝青嵐】

カルチャー教室青山と八王子で句会。その帰り道、雨後の街頭でノコギリを演奏しているひとを見た。太鼓が伴奏するデュオ。ノコギリでしか出ない不思議な音を出している。「快活な幽霊の活躍」とでもいうような曲で、しばらく聞き入ってしまった。

中華屋の炒め叫ぶや青嵐

六月十六日（土）雨

【季語＝青嵐】

「澤」七月号特集「俳句と震災」をまとめている。結局本号にはぼく自身の対談もエッセイも掲載できなかった。ご寄稿の文章を校正。俳句という詩型が現実の世界とたしかに触れているのを感じている。俳句にとってそのような経験は、ほんとうに稀なことではなかったか。

欲しや欲しやと叫び泣く子や青嵐

魚屋にひらめく刃青嵐

六月十七日（日）晴　　【季語＝青嵐】

「澤」七月号入稿へと向かう。俳句、文学と震災について、「澤」内外のさまざまな方に執筆いただだいた。「震災以後の一句」鑑賞にも多数参加してもらった。何も方向性を示せない渾沌たる一冊であるが、この一冊を読みつつ考えつづけていきたい。

六月十八日（月）雨

【季語＝蛍袋】

「ひととき」連載「芭蕉の風景」を執筆。吉野、西行庵近くの苔清水で、芭蕉が詠んだ句、「露とくとく試《こころ》みに浮世すすがばや」について書く。「とくとく」という音からまず連想するのは、徳利を酒が流れ出る音である。しみじみといい音だと思う。

ほたるぶくろ覗けば長安の小路

六月十九日（火）雨　　**【季語＝籐椅子】**

桜桃忌は豪雨となる。三鷹の玉川上水沿い太宰治入水地のほとりの飲食店は、すぐにつぶれてしまう。不思議と洋食系ばかりが入るのだが、数年もてばいいほう。先日前を通ったら、数年もっていた店がなくなり、新しいフランス料理屋になっていた。

籐椅子にファッション雑誌開き置き

六月二十日（水）曇

【季語＝籐椅子】

「澤」創刊十二周年記念吟行俳句大会のための短冊染筆、受賞者のための小屏風染筆。一日、墨と遊ぶ。短冊には、近年発表の涼しい句を書いたつもり。受賞者には希望の句を聞いているが、今年の句は書き慣れていないものばかり。難渋を楽しむ。

籐椅子肘掛べつかふの艶なせる

六月二十一日（木）雨　**【季語＝夏館】**

朝起きると、激しい雨。十二周年大会のため四日市へ向かっている仲間もいよう。雨の上がるのを祈る。午後、雨勢弱まる。隣りの駅前の歯科医に行く。三年ぶりぐらいになるか。医院名は同じだが、歯科医にも衛生士にも今日は顔なじみの人は誰ひとりいない。

夏館ジーンズ二本干しにけり

六月二十二日（金）曇

【季語＝新茶】

新幹線で名古屋、名古屋から近鉄で四日市。市立博物館の丹羽文雄記念室には武蔵野市西久保にあった丹羽邸の玄関が再現されていた。展示品に丹羽氏の保険証があった。ぼくも入っている文芸美術国民健康保険のもので、番号1。にわかに丹羽氏が身近に感じられる。

万古焼《ばんこやき》たぬき急須や新茶注ぐ

六月二十三日（土）曇　【季語＝青野】

十二周年大会、全国から「澤」の仲間がよく集まってくれた。震災後に考えている俳人の生き方、「木とともに生きるひと」について話す。「先たのむ椎の木も有《あり》夏木立」の芭蕉から西行、ブッダまでさかのぼる。講評は予選で選んだ作者の句をことに手厚く行った。

青野を来たりぬアケボノザウの群

六月二十四日（日）曇　【季語＝梅雨雲】

懇親会では受賞者に親しい人が花束を渡す。親しい人が挨拶を述べ、受賞者が応える。その応答の内に受賞者の人と作品が浮彫となり、友情が香る。「澤」の活動のエッセンス。澪澪賞の宮澤八重子さんへの浅川裕子さんの花束贈呈はじめ、みなすばらしい。

煙突の煙純白梅雨雲へ

六月二十五日（月）曇　【季語＝夾竹桃】

二日目句会は精油コンビナート内の自然を詠んだ句「製油所の汚水処理場蟹棲める　嶋田恵一」や現在の東海道を詠んだ句「東海道ぞ涼風のアーケード街　小串安代」に感銘。特選作者の自句自解を聞いて解散。四日市はぼくらにとって、新たな俳枕となった。

煙突十束ね煙突けふちくたう

六月二十六日（火）晴　　　　　　　　【季語＝茄子】

一昨日、四日市から帰宅。留守番電話のランプが灯っている。聞いてみると、俳人協会の寺島ただしさん。締切をはるかに過ぎた全国俳句大会の選句を失念していた。ひええ。寺島さんのご自宅に電話してお詫びすると、二日猶予をくださる。ありがたし。

一輌の電車来たれる茄子かな

六月二十七日（水）晴　　　　**【季語＝茄子】**

野崎海芋さんがツイッターにお弁当の写真を公開している。ぼくはそれに俳句を添えよと四日市大会の懇親会でアドバイスしたらしい。記憶にない。面倒なことを申し上げたものだと反省。ただ、海芋さんのツイッターにはあらたに自作俳句が加わり、格段に奥行きを増している。

スコップを二丁かつぎや茄子実る

六月二十八日（木）曇　　【季語＝蜥蜴】

かつて人食い川と呼ばれた玉川上水をさかのぼって、歯科医へ。途中、元ボクサーの輪島功一さんとすれ違う。元世界ジュニアミドル級王者は、今朝も愛犬を連れて、ランニングをしながら、ごみを拾っている。輪島さんと挨拶を交すと、元気が出る。

立ちどまり蜥蜴ふりむく石の上

六月二十九日（金）曇

【季語＝蜥蜴】

昨日は古美術甍堂の青井義夫さん、五十嵐真理子さんと銀座で飲んだ。居酒屋舟甚。居酒屋研究家太田和彦氏も未紹介の名店に連れて行ってもらう。酒器も青井さんの持ち込み。海上り備前の小徳利に伊万里市松文酢猪口など。斑唐津筒盃を貸してもらう。

蜥蜴の舌ひとたび出るやをさまりぬ

六月三十日（土）曇　　　　　　　　　　　　　　　　【季語＝蜥蜴】

青井さんに初めて会ったのは、まだ学生だった三十年前。以来、美術とのつきあい方を教わって来た。厳しく叱られたこともある。青井さんの話では、鎌倉で店を開いていたころ、先ごろ亡くなった音楽評論家吉田秀和氏も客として来ていたという。

走り出し蜥蜴速しよ曲線なす

旧東海道のヒダル神に憑かれる

七月一日（日）曇　　　　　　　　　**【季語＝蜥蜴】**

昨日は上野、国立科学博物館の縄文人展を見た。骨と骨の写真のみ。縄文人は骨が太い。弥生人よりずっと太い。よく体を動かしていたのだ。骨の太さに採集狩猟の生活の難儀さを思う。飢餓を常に恐れてはいたが、ぼくらが悩む生活習慣病には誰ひとりとしてかかっていなかった。

まなぶた開き蜥蜴考へゐる顔ぞ

七月二日（月）曇

【季語＝蜥蜴】

先日、「澤」七月号を発送してもらった。今回から第三種郵便を廃して、クロネコヤマトのメール便を使用することにした。郵便を止めたのは、繰返し求められる提出書類の煩瑣さに耐えかねたからである。郵便局はぼくらを客とは思っていない。発送作業は楽になり、送料は安くなった。

雲小さきがあまた浮く午後蜥蜴静止

七月三日（火）晴　　**【季語＝ボート】**

隣家の斎藤さんに「澤」七月号をお持ちする。掲載の「俳句日記」にご登場いただいているためである。先日、斎藤さんに頂戴した赤ワインごはん弁当のお礼を申し上げる。うっすらと赤みを帯びたごはんで、まさに幽玄な味わいであった。

枝の下くぐらすボート枝押し上げ

七月四日（水）曇

昨日の朝、武蔵野珈琲店で「ひととき」編集部の海野雅彦編集長、宮下由美さんと打合せ。編集長に連載「芭蕉の風景」の一年後の打ちきりを言い出され、ショック。一生書き続けたかったのに。動揺は隠す。さらに締切も早めたいとの相談。そのとたん、地震。震度四。震源、東京湾。

【季語＝ボート】

ボート止め寝そべってをり池の央《なか》

七月五日（木）曇

【季語＝舟遊び】

一昨日の夜、折形句会。山口美登利さんに「七夕竹惜命《しゃくみょう》の文字隠れなし　波郷」の句意をたずねられる。入院患者の病棟の七夕竹の短冊に「惜命」と書かれた文字が隠れることなくくっきりと見える。この句がしみじみ味わえるようになったのも、年齢の故か。

ペダル踏めばばたばた進み舟遊び

七月六日（金）曇　　　　　　　　　　　【季語＝冷酒】

一昨日の夜、栗八句会。小夜さんの料理を楽しむ。焼青唐辛子と茹で蚕豆。オリーブの盛り合わせ。栗生さんの釧路土産の焼きシシャモと焼きトキシラズ（鮭）。冷豚しゃぶ、冷うどん。さくらんぼ。ヱビスビールと新潟の日本酒。小角珠一さんと競い合って食べ、ついつい食べ過ぎ。

絵唐津のかけらに味噌やひやしざけ

七月七日（土）曇　　　　　　　　　　　　　　　　　　　　【季語＝蛇】

井の頭公園で、池を横切り泳ぐ蛇を見た。かなり早い。泳いでいる間は何なのか、わからなかった。泳ぎ終えて、水面に半身を出して岸へと上がろうとした。そこで、はじめて蛇であると理解した。公園には、けっこう人出があるが、ぼくしか蛇には気付いていていない。

水の面《も》に蛇の首あり泳ぎ来る

七月八日（日）晴　　　　　　　　　　　　　　　　　　　**【季語＝片陰】**

喨の会の後、下北沢駅前のマクドナルド二階で「澤」八月号の選句。ぼくが投句はがきを並べたテーブルの前では、髪を金色に染めた国籍不詳の青年が、洋服の大きな型紙を広げて、チェックしている。ようやく選を終えて宴会場の「雷や」に行くと、解散寸前。

片陰やハンバーガーを立ち食ひぬ

七月九日（月）晴　　**【季語＝片陰】**

昨日は東京マッハvol.４に参加。メンバーは、レギュラーの千野帽子、堀本裕樹、長嶋有、米光一成の各氏にゲストの池田澄子氏と弘美さん。もっとも話題になった句、モテ句は「架空のブランドねまちゅかねまちゅか米光一成」。ぼくの俳句観では取れないが、不思議な魅力がある。

片陰に売る腕時計みな箱入り

七月十日（火）晴　【季語＝片陰】

五月に加藤郁乎氏を失っている。郁乎氏とは昭和六十二年、神戸での「米寿・永田耕衣の日」でお会いして以来であった。パーティで会うことはあっても、じっくり話す機会は得られなかった。増田龍雨や籾山梓月ら忘れられた俳人の紹介『俳の山なみ』（角川学芸出版）は貴重な仕事だった。

片陰やカプセル錠を水無し呑み

七月十一日（水）曇　【季語＝片陰】

片陰にかがむや鳩へ餌を投ぐ

川上弘美著『七夜物語』（朝日新聞出版）上下二冊を読了。弘美さんの小説に戦闘場面が現れるのは本作が初めて。新聞連載時は主人公のひとり仄田鷹彦君に自分を重ねて読んでいた。単行本を読み直すと、仄田君はぼく自身よりずっと勇気と決断力とに満ちている。

七月十二日（木）曇　【季語＝精霊蜻蛉】

「ひととき」取材で、東海道線金谷へ。「野ざらし紀行」所載の名句「道のべの木槿《むくげ》は馬にくはれけり」の句碑を長光寺に拝見。旧東海道の脇に木槿がもう咲いていた。石畳を歩いていて、急に空腹と眠気とに襲われる。棲み着いていたヒダル神に憑かれたのかもしれない。

精霊蜻蛉細きも細し草の上

七月十三日（金）曇　【季語＝百日紅】

昨日は掛川泊。なじみの武寿司へ。金曜でだいぶ混んでいて、カウンターには座れない。小上りに案内されるが、店主のげんさんが丁寧に注文を聞いてくれ、料理の出も遅くはない。近くの御前崎に上った鯵、うるめいわし、岩牡蠣などなどを楽しむ。

御前崎へとぶつかる潮さるすべり

七月十四日（土）曇　　【季語＝蝸牛】

「俳句αあるふぁ」八・九月号が届いている。上田信治さんがていねいにぼくのことを評してくれた。「澤」論にもなっている。ただ、この雑誌を見たひとは、掲載した高校時代の写真のことばかりを言う。ニール・ヤング好きの友人林茂樹君の影響で、長髪にしていたのだ。

かたつむり踏みたり殻のこはるる音

七月十五日（日）晴　　　　【季語＝三尺寝】

「澤」八月号のための原稿書き。まず、「句会・カルチャー一覧」をまとめつつ、八月の予定を確認。この作業をきちんとしなければ、句会を無断欠席することになってしまう、と思う。「俳句日記」を改稿し、「選後独言」を書き上げ、なんとか「後記」まで送稿。

頭《ず》はバッグの上足《え》は靴の上三尺寝

七月十六日（月・海の日）晴　【季語＝三尺寝】

「澤」校正で大野秋田さんの評論「文法外の文法と俳句の文語」を通読。「已然形終止」と「カリ終止」、うしろめたく思っていたが、これで安心。自作にも堂々と使おう。「黄泉《よみ》に来てまだ髪梳くは寂しけれ　中村苑子」「春の山屍《かばね》をうめて空しかり　虚子」。こんな名句がある。

石段の一段をもて三尺寝

七月十七日（火）晴　　　　　　　　　　　　【季語＝汗】

大野秋田さんの以前の評論によって、過去の助動詞「し」（「き」の連体形）も大手を振って使えるようになった。久保田万太郎の名句「冬の灯のいきなりつきしあかるさよ」も誤用と思わないで済むようになった。俳句の文語は、平安朝の文語文法そのままではないのだ。

わが額の汗発すなり水飲み即

七月十八日（水）晴　　【季語＝睡蓮】

信濃大町に来ている。飛騨山脈はみごとな夕焼である。句会場の近くの木で、蜩が大きな声で鳴きだした。今年初めての蜩。今日の句会の題は「昆布」。作りにくいとだいぶ文句を言われてしまった。野口桐花さん、宮下晴吾さんに遠路参加してもらう。

睡蓮の朝《あした》開きぬ水槽にも

七月十九日（木）晴

【季語＝烏貝】

大町句会の卓には野山の花が飾られる。今日は千国多美絵さんの当番で、水槽を据えてくれた。水面から出ているのは、大きな睡蓮。花は閉じてしまっている。水中には大きな貝が沈んでいる。多美絵さんのご主人が潜って、湖の底から獲ってきたものだという。

水槽を占め烏貝水濁る

七月二十日（金）曇

【季語＝漆掻】

自宅に建築家中村好文さん、塗師《ぬし》赤木明登さんが遊びに来てくださる。弘美さんの料理のコンセプトは、洋食屋の味。いちじくとチーズの前菜、魚介のサラダ、たまごのグラタン、ズッキーニのミントサラダなど。飲み物はシャンパン、白ワイン、赤と来るが、日本酒を出せという人がいる。

漆掻して来し腕《かいな》見せくるる

七月二十一日（土）曇

中村好文さんのお土産は胡麻擂り器、一回分の胡麻がかんたんに擂れる。かわいくて、てのひらに包める形。赤木さんの工房の木地師の方に作ってもらったとのこと。赤木明登さんには自作の黒漆の片口をいただく。かたちがシャープで、酒のきれがいい。冷酒の片口にはぴったり。

【季語＝漆搔】

漆搔搔き枯らしたる木の奥へ

七月二十二日（日）晴　　　　**【季語＝帰省】**

昨日は「澤」定例句会、国分寺労政会館。出句者八十八名。ホームページを見て、ご出席くださった方がいて、うれしかった。隣室は「鶴」のみなさんの句会。鈴木しげをさんとちょっとお話しできた。しげをさんの句では、「家にゐて素足愉しむ日なりけり」を愛誦している。

朝刊を畳にひらく帰省かな

七月二十三日（月）晴　　　　【季語＝帰省】

跡見学園女子大学、早稲田大学での今期最終の講義。跡見は学生による授業評価のアンケート二十分があって、時間がない。早稲田は授業評価拒否の選択肢もあって、そちらを選んだ。最後に白楽天の詩句「雪月花の時最も君を憶ふ」について話す。親しい友とともに在る、佳き人生を生きてください。

ひたすらに犬尾を振れる帰省かな

七月二十四日（火）晴　　　　　　　　　　　　　　　　【季語＝蟇】

昨日、「ひととき」九月号原稿を送稿。待っていてくださった編集者宮下由美さんを「女神様」と呼んでしまう。「道のべの木槿は馬にくはれけり」について書いた。この句には瞬間的な喪失が書きとめられている。震災後、この句がさらに重くなったのを感じている。

鳥は蟇の身をつつきけり頭を残す

七月二十五日（水）晴　　**【季語＝蟇】**

ケニアに吟行に行った句友、葛西省子さん、大木由美子さん、天谷信子さん、豊田ヌーさん、磯貝一沙さんから寄書の絵はがきが届く。消印は「ケニア　マサイマラ」。なんとアフリカ象の交尾の写真。象のペニスが直角に曲りつつ雌の体内に差し入れられている。

鳥残したる蟇の頭や蟻びつしり

七月二十六日（木）晴

秋爽の西安の卓かこめかし

【季語＝秋爽】

山口デザイン事務所の大野あかりさんが、自宅に永田耕衣自筆はがきをお戻しくださる。「澤」表紙の構成に用いてもらったもの。大野さんは結婚されて、中国へと渡り、西安の西八十キロの町にお住まいになるとか。さみしいがめでたい。白扇に祝句をしたためお渡しする。

七月二十七日（金）曇　【季語＝冷奴】

日の暮れる頃、青井義夫さんの案内で中野の居酒屋らんまんへ。古い日本家屋の二階の古いちゃぶ台がうれしい。注文を受けてから締めるというしめ鯖は、ほとんど生。身の深い赤が美しい。刺身は他にまこがれい、鯒。鱧湯引き、穴子白焼、鰯煮、じゅんさい、やなか、など。

ちゃぶ台に坐せば日暮や冷やつこ

七月二十八日（土）晴　【季語＝冷酒】

「〆張鶴《しめはりつる》を冷酒で」と注文したあと、青井さんは白い紙を小さく四角に折りはじめる。桐箱から江戸硝子筒ねじ盃を出し、折った紙の上に置く。紙はクッションではなく、硝子の淡い色を楽しむためのもの。冷酒をそそぐと、たしかに薄緑いろが涼しい。

江戸硝子盃ひやしざけ立たしむる

七月二十九日（日）晴　　　　　　　　　**【季語＝シャワー】**

「澤」八月号が届く。メール便は日曜も配達があるのが、ありがたい。節電のためと我慢をつづけていたクーラーだったが、どうにも我慢のならない暑さである。使いだしてしまった。帰宅すると、シャワーを浴びて汗を流すのも習慣になっている。

シャワー菩薩を片手拝みや浴びつつも

七月三十日（月）晴　【季語＝涼し】

京都に末次エリザベートさんを訪問。エリザベートさんはフランス人の翻訳家だが、仏教美術の蒐集家。壁に仏像から離れた蓮弁が飾られていた。典型的な藤原時代の様式で、優美。厚い金色の箔が置かれている。武藤山治旧蔵という。蓮弁の下から離れたくない。

蓮弁の金箔すずし月差せば

七月三十一日（火）晴

【季語＝水飯】

京都市考古資料館、茶道資料館、京都国立博物館と美術館のはしご。考古資料館の古田織部邸の出土品に唐津の山瀬窯の斑唐津茶碗と小碗とがあった。素直な椀形の器である。茶器ではなく日用品だったのか。織部自身と山瀬窯との間に注文など何らかの関わりがあったのか。

織部殿水飯啜り込みたるや

蟬欲

八月一日（水）晴　【季語＝冷汁】

「俳句甲子園」個人賞のための選句稿が届いた。「角川俳句賞」の作品集も届いている。八月はこのふたつの審査をやりとげなくてはいけない。夜は栗八句会。小夜さんの料理は冷汁で締め。胡麻と紫蘇の香り高い冷汁をいただくと、この夏も終りが近い。

冷汁に氷のかけら透きとほる

八月二日（木）晴　【季語＝南瓜】

信州大学の後輩、光部美千代さんの若い死を聞く。「鷹」で無鑑査同人に推されるも、勉強にならないと退会したと聞く。名誉よりもさらなる修練を選ぶ俳人がいるのだ。井上弘美さん主宰「汀」創刊号の巻頭は彼女だった。「ビー玉の中にも銀河流れ込む　美千代」

叢中の小南瓜を蹴り出だすなり

八月三日（金）晴

【季語＝生身魂】

青山ブックスクール俳句入門の題は「生身魂」。老人なら誰でもではなく、生きている自身の親であり、敬意を含んでいるべきと思う。自身を詠んだ句として「おいぼれにあらず吾こそ生身魂　草間時彦」もあるが、例外とすべきではないか。難題であると非難囂々。

生身魂ふたりかたらふいつまでも

八月四日（土）晴　　【季語＝麦藁帽】

定例句会の後の非公式三次会を吉祥寺、真希で。野澤雄さん内田董一さんと。雄さんが古本屋を開業したいと言い出す。古本マニアの董一さんがうっとうしいアドバイスをえんえんとしている。雄さんは「澤」のバックナンバーも捌きますと胸を叩いてくれる。屋号命名は任せてください。

麦藁帽十重ねあり下より買ふ

八月五日（日）晴

【季語＝蟬】

昨日、渋谷で井の頭線に乗ったら、前の座席に大谷道子さんが座っていて驚く。大谷さんは『半紙で折る折形歳時記』（平凡社）を作った際の編集者の方。ぼくのカルチャーにまで参加して、原稿を取り立ててくれた。彼女は極端な蟬嫌い。明大前でぼくが下りるまで蟬への呪詛以外のことばはない。

幹めぐり飛びをる蟬や鳴きつづく

八月六日（月）晴　　　　　　　　　　　　　　　**【季語＝蟬】**

「ひととき」連載「芭蕉の風景」の取材で敦賀、気比神宮へ。「月清し遊行の持てる砂の上」。鎌倉時代、遊行二世の上人が、神宮参道の悪路を直した。それ以後、上人の代が変るごとに二世に倣った行事「お砂持ち」は伝えられて来た。芭蕉はその仏と神との出会いに感動している。

羽化途中死にたる蟬や永遠《とわ》に白し

八月七日（火）晴

【季語＝法師蟬】

晩夏、初秋には蟬の声を聞きたい。強くそう思う。ぼくはその欲望を蟬欲と名付けている。最近、盛りあがってきていた蟬欲だが、夕暮れの気比神宮の楠の大樹の下にしばし立ち、油蟬、みんみん蟬、熊蟬、法師蟬、蜩らオールスターの声をたっぷり浴びて、すっかり満足した。

法師蟬たること枉げず諸蟬に

八月八日（水）曇　【季語＝旱】

「澤」の仲間の大文字良さんが、ツイッターに参加してくれている。ぼくが始めてから、付き合ってくれた人は良さんぐらいしかいないのだ。のぞき見をしている人は少なくないようなのだが。タイムラインに良さんの名を見つけると、それだけでほっとする。

横穴にひと棲んでをる旱かな

八月九日（木）晴 【季語＝雨乞】

原爆忌、直接には原子爆弾そのものを悼む形になっている。このことばのうしろには、十万人以上の死者がいる。広島忌が夏、長崎忌が秋、両季にもわたっている。ぼくには使いにくい季語だ。「立ち上がる直射日光被爆者忌　三橋敏雄」の「被爆者忌」はより正確。こちらもさらに使えない。

雨乞や生木に灯油かけて焼く

八月十日（金）曇　　　　【季語＝ブルーベリー】

信濃大町で句会。竹村翠苑さんが、畑で取ったブルーベリーを冷凍して持って来てくれる。口にすると、冷たくて、気持ちがいい。甘味がかすかなのもいい。いくらでも食べられる。食べていると視力が良くなって、もののかたちが鮮やかに見えてくるような気が、ちょっとする。

瑠璃深きブルーベリーをどんぶり食ひ

八月十一日（土）曇　　**【季語＝墓参】**

長谷川照子さんに「澤」の大量のバックナンバーを保管してもらっている。内田董一さんの進言で、その一部を処分してもらうことにした。暑い中、照子さんに廃棄分を出してもらい、董一さんに処理場まで運んでもらった。バックナンバーをどうしてゆくか、むつかしい。一冊でも買ってもらいたい。

大いなる燃殻飛ぶや墓参

八月十二日（日）晴　　　　**【季語＝墓参】**

昨日は下北沢で連句と喨の会。喨の会には句集『千年紀』（角川学芸出版）の宇井十間さんが参加。到着が遅れて、選句してもらえなかったのが残念。懇親会は和楽互尊でやきとりのコース。カウンターには舞台「センセイの鞄」で月子さん役を演じた坂井真紀さんが飲んでいた。

ねぢりし紙のかたちの灰や墓参

八月十三日（月）晴　　　　　　　　　　　　　　　　【季語＝墓参】

盆休みも「澤」九月号のまとめ。「俳句日記」五月分を読み直すが、俳句の出来がゆるすぎ。結局、七句を改作。「選後独言」で取り上げたのは、ほぼすべて四日市大会作品。講評している句は書きやすい。「澤」吟行会で行った街はどこも忘れられないが、四日市も、はや懐かしい。

追ひはらふ烏発たずよ墓参

八月十四日（火）雨　【季語＝百日紅】

今年、二月に亡くなった年下の友人、深川の道具屋一二三美術店、斎藤靖彦さんが思われる。分けてもらった徳利は二本、三合以上入ってしまう黒唐津の大徳利と五勺しか入らない備前鳶口小徳利。ちょうどいい容量のものはない。黒唐津に庭でむしった蚊帳吊草を投げ入れる。

縁側をざふきん拭きやさるすべり

八月十五日（水）曇　　　　　　　　　　【季語＝灯籠】

吉祥寺の居酒屋、豊後で小酌。常温の酒。刺身は鰹と鰯。塩辛を口に入れると、わたが塊になっていた。豊後みそは豚しゃぶに細切りたまねぎと味噌を加えたもの。臼杵の石仏の仏頭の複製を眺めて飲む。隣り合った方は、共産党支配下のソビエトで販売の仕事をされてきたとか。

灯しあり電燈も置灯籠も

八月十六日（木）晴　　　　　　　　　　　　　　　　【季語＝灯籠】

みちばたで金属製の南瓜型の楽器を演奏している人がいる。聞いてみると、ハッピードラムというそうだ。木琴のバチのようなもので叩いてみると、いい音が響く。ふたつの鉦が並んでいる楽器を貸してもらって、合奏する。静かな音楽。鎮魂の音楽。

灯籠のうすみづいろや電球入り

八月十七日（金）晴　　　　【季語＝月】

一昨日までに、俳句甲子園の個人賞選考を提出しなければいけなかった。例年よりも読み応えがある。作者の重心がたしかにかかった句が多い。高校生の作品であることを忘れて読んだところもある。静かな夜で、近くの動物園に飼われている象の声がよく聞こえた。

象叫《おら》ぶなり月光に照らされて

八月十八日（土）晴　　　　　　　　　　【季語＝秋蟬】

昨日から松山。空港からホテルまでのタクシーは中原道夫さんと健康談義。ホテルからウェルカムパーティー会場の松山大学までは有馬朗人さんとエネルギー談義。明日の予選の試合相手を決める抽選が行われていく。各校の自己アピールを楽しむ。

秋蟬すべて熊蟬ぞこぞり鳴く

八月十九日（日）晴　　　【季語＝涼風】

松山大街道での俳句甲子園予選。午前三試合、午後二試合の審判を終えた後、個人賞選考。夏井いつきさん曰く審査員の選がこれほど重なったことはなかったとのことだが、そうすんなりとはいかない。ようやく最優秀賞は「月眩しプールの底に触れてきて　佐藤雄志　開成高等学校A」に決定。

小路より涼風来たりアーケード

八月二十日（月）晴

【季語＝秋雲】

敗者復活戦に登場の各校の代表に質問三つを投げかけるのが、審査員の大事な仕事。準決勝の旗を上げていると、加根光夫さんに旗が低すぎると注意される。五十肩で上がらないと言ったら、右左の旗を替えても高く上げよとのこと。決勝戦の開成 vs 松山東は永く語り継がれるでしょう。

秋雲の裂け輝くや青深き

八月二十一日（火）晴　　　　**【季語＝おにをこぜ】**

松山大学でのフェアウェルパーティーでは中原道夫さんに熊本信愛女学院高等学校チームと写真を撮ってもらう。西村和子さんと阪西敦子さんは岩手県立黒沢尻北高等学校のイケメン男子生徒と写真を撮ってもらっている。その後、審査員反省会を「温石」で、続いて引率の先生方との会、さらに某バーで惜別の会。

おにをこぜ表六面《ひょうろくづら》と申すべし

八月二十二日（水）晴　　　　　　　　　　　　　　　【季語＝秋草】

遅く目覚めて、遅い朝食の後、伊丹十三記念館へ。建築と展示は中村好文さんで、印刷物のデザインは山口信博さん。伊丹十三の多才さを示すビデオが流されていたが、ブランデンブルク協奏曲何番かのバイオリンを弾きこなしている映像には、びっくりした。

あきくさや自転車に来て刃物研

八月二十三日（木）晴　【季語＝鳳仙花】

松山で田中亜美さんが「路面電車の音で目覚めました」と言っていたことを思い出した。ぼくにもそんな朝があったような気がしてくる。板倉卓人さんが、毎晩翌朝の集合時間を示してくれた。その時間を手帖に記して、一日が終った。できうる限りぎりぎり遅い時間にしてもらった。

鉦鳴らし路面電車やほうせんくわ

八月二十四日（金）晴　　　　【季語＝百日紅】

開成高校の佐藤雄志君とツイッターのフォローをしあう。俳句甲子園最優秀賞の賞品のひとつ、栗タルト一年分の賞味期限が、たった一ヶ月しかなかったことを教えてもらう。栗タルトの会社は、賞品提供を通して、俳句甲子園最優秀作家に人生のむつかしさを伝えようとしているのか。

百日紅生ききて飢餓を知らざりし

八月二十五日（土）晴

【季語＝線香花火】

昨日は卯波句会。高橋睦郎さんを囲む難題研究会。メンバーのひとり小川軽舟さんが関西に転出したため、小説家三田完さんに参加してもらった。以前は睦郎さん以外全員が離婚経験者だったが、三田さんが加わってそうでなくなったのは、残念なような、よかったような。

せんかうはな火照らしけりおのが膝

八月二十六日（日）晴　【季語＝虫売り】

三田完さんにいただいた短編小説集『黄金街』（講談社）を楽しむ。落語家を主人公とした「通夜噺」の人生のほのあかり。「パタパタ小父さん」には、紅白歌合戦初出場でズボンが裂けてしまい、国民的スターになる演歌歌手が登場する。この歌手はフィクションでしょうか。

籐製のトランク拡げ虫を売る

八月二十七日（月）晴　【季語＝鰍】

一昨日、角川俳句賞の選をファックスで提出。特選一、並選四。読み落としがないか、不安で読み返してきたが、ようやく手放す。震災詠、風土詠が無いことも無いのだが、素材で押してくる作品が無かったというのが、特徴か。みずみずしい作品、いくつかを選ぶ。

鰍よく跳ねうごくなり簎《やす》の先

八月二十八日（火）晴　　　　　　　　　　　　　　　　**【季語＝薄】**

中原道夫さんから俳句甲子園の際の写真が届いている。なんという迅速さ。いっしょに撮ってもらった熊本信愛の女の子たちがかわいい。机の前に置いて、しばらくいっしょに仕事をしよう。個人賞選考の際に撮影の審査員全員集合の写真も貴重だ。

ことしの薄穂の出でにけりうすみどり

八月二十九日（水）晴　　**【季語＝花野】**

わが誕生日。五十六歳になった。今日がアメリカの作曲家ジョン・ケージのピアノ曲「四分三十三秒」初演の日と聞いた。「讀賣新聞」連載の一柳慧氏の自伝で、ケージと禅僧鈴木大拙とが交流があり、大拙がこの曲を音楽のひとつの理想と評価していたことを知った。

花野を飛べる一匹の羽虫われ

八月三十日（木）晴　【季語＝椋鳥】

昨日は駿河台、山の上ホテルで、角川俳句賞選考会。選考委員の二重丸が割れ、委員の意見をすり合わせるように、一重丸三つの広渡敬雄氏の受賞が決まった。九年間連続応募の末の受賞を祝いたい。他の選考委員の発言の際、気付かなかった秀句が立ち現れて来る様が圧巻。

椋鳥の籠る一樹や放電鳴り

八月三十一日（金）晴　　　　**【季語＝虫】**

山の上ホテルのレストランで、長谷川櫂さん、正木ゆう子さん、編集鈴木忍さん、村上ふみさんに誕生日を祝ってもらう。池田澄子さんはご都合で帰られた。二次会は地下のバー。鈴木さんに「今日は誕生日だそうですが、まだ帰らなくてもいいんですか」と言われる。

ねむりをり虫鳴くこゑに浮かびゐて

分身の術

九月一日（土）晴　　　　　　　　　　**【季語＝蜻蛉】**

三軒茶屋シアタートラムで「すうねるところ」観劇。出演、薬師丸ひろ子、篠井英介、村井良大、萩原聖人。吸血鬼の子育ての話。笑い、泣く。脚本の木皿泉さんはご夫妻の共同執筆。紹介してもらった奥様は気持ちのいい方。評論家宇野常寛さんに村井氏が仮面ライダー出身の若手と教えてもらう。

指にはさむ蜻蛉の羽や振動す

九月二日（日）晴　　　　　　　　　**【季語＝蜻蛉】**

満月の下、友人と暑気払いというか残暑払い。新宿西口「ぼるが」。やきとりで芋焼酎水割りを飲んでいると、時代を忘れてしまう感じがある。主だった俳人の高島茂さんが亡くなって、ずいぶん経っているはずだが、雰囲気が変らない。二次会はぼるがの向かい、あばらや。

とんぼの羽なかばをちぎり放てる子

九月三日（月）晴

【季語＝蜻蛉】

邑書林の島田牙城さんに依頼されて、波多野爽波についての短文を書いた。ぼくにとって、爽波の魅力をまず教えてくれたのは、飯島晴子だった。句会で「下るにはまだ早ければ秋の山」の句の魅力を尋ねられたのだ。思い出していると、爽波の声も晴子の声もよく聞こえてくる。

群れなして蜻蛉上がるやたかぞらへ

九月四日（火）曇　【季語＝紙魚】

柴田元幸さんからメール。ビートルズの曲「ホワッツ・ザ・ニュー・メリー・ジェーン」の聞けるサイトをご教示いただく。ムーンライダーズのベーシスト鈴木博文氏（鈴木慶一氏の弟）は、元幸さんの高校の同級生とのこと。元幸さんのロック魂の源はこのあたりにある。

畳縁紙魚すきとほり走るなり

九月五日（水）晴　　　　　　　　　　　　　　　　　　　　**【季語＝紙魚】**

柴田元幸さんからのメールには、次の一節があった。「誰にも問われていませんが、僕の三曲は All My Loving/For No One/Drive My Car か……」。ビートルズの三曲。昨年トロント郊外、テッド・グーセンさんの山荘で満月の下、柴田・テッドの熱く歌う「All My Loving」を聞いた。

おのが手は畳打つのみ紙魚走る

九月六日（木）晴　【季語＝紙魚】

近所の寿司屋に行く。「大将、ビートルズとか聞きませんよね」「聞きませんよ。中学のころ、女にもてる奴がいてね、学校にビートルズのアルバムを持って来たの。青いやつ。取り上げてレコードだけ二階から投げてやりましたよ。よく飛んだなあ。あっはっは」「Help!」だろうか。

「Sgt.《サージェント》 Pepper's《ペパーズ》 Lonely《ロンリー》 Hearts《ハーツ》 Club《クラブ》 Band《バンド》」
LPジャケット紙魚舐むる

九月七日（金）晴　　　　【季語＝葭戸】

栗八句会は戸田順子邸。句会後、順子さんの手料理を楽しむ。巨峰のリコッタチーズ和え、鯛のカルパッチョ、茄子と胡瓜と蓮根とセロリのマリネ、ホタテのソテー、牛肉の赤ワイン煮込み、ラズベリー入チーズケーキ。佐々木千雅子さん用意のシャンパン二本。順記さん用意のロゼと赤。

シャンパンの注がれかがやく葭戸かな

九月八日（土）曇　【季語＝鹿】

「芭蕉の風景」の取材で奈良へ。芭蕉は猿沢池のほとりに泊まり、深夜に吟行して、「びいと啼尻声《なくしりごえ》悲し夜の鹿」を作った。鹿の声を「びい」と聞き取っているのが、すごい。現在でも奈良の街の至るところで鹿という自然と会えることは、ある意味奇跡である。

奈良漬屋置くバケツの水や鹿飲める

九月九日（日）晴　　　　　　　　　　　　　　　　　　　【季語＝秋風】

奈良国立博物館で「頼朝と重源展」。東大寺を再興した重源は三回も入宋している。出品の重源遺愛の杖と脇息は自然木そのままを利用していた。特に杖は蛇のかたち。西行は重源の命で、平泉の藤原秀衡のところまで勧進におもむくわけだが、重源もすごい男だったと、その杖を見て思う。

脇息を秋風の吹きぬくるなり

九月十日（月）晴　【季語＝草の花】

一昨日、京都アスニーにおいて澤関西の句会指導におもむく。久しぶりである。驚いたことに、会員が増えている。さらに驚くべきことに「澤」で若い女性がもっとも多い句会になっている。大文字良さんはじめ会員のみなさんの地道な努力のたまもの。

犬の子のころがり歩き草の花

九月十一日（火）晴　【季語＝草紅葉】

澤関西句会の参加者が多かったのは、岡山から久本令子（美倉かんな）さんら五人が駆け付けてくれたこともひとつの理由であった。その中に備前焼作家渡辺節夫さんがいて、居酒屋八八家での懇親会の席で、参加者全員にぐいのみをお土産にくださる。備前火襷輪花平盃。

竹生島にあがるしぶきや草紅葉

九月十二日（水）晴　【季語＝新松子】

有楽町朝日ホールで俳人協会全国俳句大会。西嶋あさ子さんのこども俳句の評の締めのことば、「こどもと同じく、おとなもそれぞれはじめて経験する年齢を生きている」がこころに沁みる。ぼくも初めて経験する五十六歳を楽しみたい。当日句の特選に松野篤子さんと結城あきさん。

新松子指もてはさみ捥ぎはせず

九月十三日（木）晴　【季語＝蟋蟀】

伊賀市芭蕉翁記念館の馬岡裕子さんから電話。芭蕉祭「芭蕉翁献詠俳句」の選句と献詠句の催促である。馬岡さんののどやかな伊賀ことばを聞いていると、伊賀へ行きたくなる。しかし、「未着はただおひとり、先生だけです」ということばは、わが胸を深く刺す。

耳照らし携帯電話きりぎりす

九月十四日（金）晴　【季語＝翁の忌】

芭蕉祭「芭蕉翁献詠俳句」の選は、選んだはがきを、特選、並選、その他の三つの袋に分けて入れるだけ。ただそれだけ。書き抜いたり、鑑賞を書いたりという面倒は一切なし。献詠句を短冊に墨書しなければならないが、こういう選者思いの俳句大会は他にはない。馬岡さんへ選句と献詠句短冊送付。

老猿の頬を涙や翁の忌

九月十五日（土）晴

【季語＝葛の葉】

定例句会は横浜。暑さは厳しいが、全句講評をすると自分自身がしゃっきりする。懇親会は和民。二次会は別の居酒屋に行って、ハイボールを飲む。明るくて、話はしやすかったが、ウイスキーが極端に薄い。そして、一杯千円という高価さ。健康にはとてもいい。

葛の葉や運河水面に跳ぬるもの

九月十六日（日）晴　　　　　　　　　　**【季語＝無花果】**

野澤雄さんが古書店の名を付けて欲しいと言うので、考える。「のざらしや」「古書肆ふくろふ」「ふはふはさん」「澤屋」「天城堂」「額汗屋」「ぎゃふん屋」「平成二十四年堂」「髑髏屋」「木乃伊堂」「木乃伊取り木乃伊堂」。「えー、もっとまじめに考えてくださいよう」と言われる。

十指汚れぬ無花果を食ひたれば

九月十七日（月・敬老の日）晴

津田清子主宰「圭」八月号は終刊号。宗田安正さんの津田論・「圭」論を読む。「圭」では毎年四月、全会員に「圭」を続けるかどうかを尋ね、その結果で、毎年、存続か否かを決定していたという。「圭」自体の存在が、結社の可能性の極限を探るものであった。

【季語＝花木槿】

鉛筆を落せば跳ねて花木槿

九月十八日（火）晴　【季語＝毛虫】

庭の桜の木についた黒い毛虫が育って目立ってきていた。桜の葉はだいぶ食べられてしまっている。葉脈まですべて食べてしまって、枝だけになってしまっているところも多い。枝切り鋏で一匹一匹駆除していく。毛虫を断ち切ると、桜の葉よりも濃い暗緑色の液体が流れ出る。

毛虫断つ鋏開き刃迫り来て

九月十九日（水）雨　【季語＝吾亦紅】

「俳句年鑑」の「結社の動向」欄の澤の仲間の作品抄出が、なかなかの難事業である。「澤四十句」の十二か月分を絞っていって、ようやく完成する。従来の業績から選んだ三十五作家の作品ではなく、今年の作品のみから評価した三十五句である。

野の果の吾亦紅こそ採りきたれ

九月二十日（木）晴

松本で句会。松本の実家泊。朝食の際、般若心経の話題となる。両親ともに完全に記憶している。母は暗記しているだけでなく、認識論として理解しているようだ。心経に関心をもったきっかけは、死の直前の祖母が、鉛筆ひらがな書きで心経の写経を始めたことによるとか。

【季語＝白露】

ひらがなに心経写す白露かな

九月二十一日（金）曇　　【季語＝籾殻】

松本へ行った際、パソコンは持っていったが、Wi‐Fi機器を忘れてしまった。今日の「俳句日記」はいよいよ更新されないという状況になるかと思われたが、携帯電話のメールから原稿を送ればいいことに気付いて、なんとか難を逃れる。綱渡りはつづく。

こつぜんと籾殻山やなだらなる

九月二十二日（土・秋分の日）晴　【季語＝蒲焼】

竹葉亭名古屋店。注文の際、焼き方は東京風か名古屋風か聞かれて、戸惑う。うなぎの蒲焼に東京風、名古屋風があるのを知った。東京は蒸すので、柔らかく、名古屋は蒸さないので、歯応えがある。ぼくは名古屋風が好きかも。ひつまぶしのための焼き方でもある。

絶滅危惧種ニホンウナギの蒲焼ぞ

九月二十三日（日）雨　【季語＝学園祭】

昨日は三河湾のほとり蒲郡、海陽学園の学園祭、海陽祭に吟行に行く。全国で唯一の全寮制中高一貫校。男子のみ。今年の数学甲子園の優勝校とのこと。文学部、俳句部は残念ながらまだ無かった。寮の中も拝見。厳しくも楽しい共同生活の一端をのぞかせてもらう。

段ボールにつくる迷路や学園祭

九月二十四日（月）晴　　【季語＝蔦紅葉】

「里」五月号の上田信治さんの「成分表」を読んで、アメリカの女性三人組ボーカルグループ、ロネッツが聞きたくなり、ユーチューブで視聴。「夏蜜柑いづこも遠く思はるる　永田耕衣」に通ずる永遠の甘さ。信治さんはロネッツになりたいと書いている。分身の術を使うのだろうか。

老い歌ふ「Be《ビー》 My《マイ》 Baby《ベイビー》」蔦紅葉

九月二十五日（火）曇

【季語＝秋風】

「俳句を作る夢を見ますか」と、最近複数のひとに聞かれた。そんな質問をしてほしいような顔をしているのか。かつては頻繁に見た。しかし、いつか、ぜんぜん見なくなってしまった。そのかわり、俳句を選ぶ夢を見るようになった。胸苦しい夢。

あきかぜや老犬乗せて乳母車

九月二十六日（水）晴　【季語＝秋風】

作句の夢は一句を作るだけでいいのだが、選句の夢は前もって無意識の内に選ぶべきかなりの句を頭のなかで作っておかなければいけない。これが疲れる原因だろう。月に一万句見る生活にまだなじんでいない。鷹羽狩行氏は月に最大三万句の選をしていたという。選句の夢をご覧になっていたか。

あきかぜや洗濯籠のあらひもの

九月二十七日（木）曇　【季語＝鰯】

『小島ゆかり歌集』（砂子屋書房）を楽しむ。『憂春』の自由な詠みぶりが好き。「若宮《わかみやの》年魚《あゆ》麻呂《まろ》といふ人の名をおもへばたのし春の早雲《はやくも》」「どんなふうに生きてもよくてイボオコゼどんなふうに生きてもさびし」。

鰯焼きし金網あらふ束子もて

九月二十八日（金）曇　【季語＝草の花】

井の頭公園に行くと、ほうしぜみ、みんみんぜみがまだ鳴いている。といっても九月の内だろう。今年の蟬の名残を惜しむ。正木浩一さんの「而して蟬のすべての死に了る」（『正木浩一句集』）を思い出す。いつもこの季節には思い出して、しんとした気持になる。

鶏モツ煮る匂ひ甘しよ草の花

九月二十九日（土）曇　　【季語＝栗】

東京都現代美術館で「館長庵野秀明特撮博物館」。樋口真嗣監督の短編映画「巨神兵東京に現わる」を見る。「災厄」ということばが繰り返され、都市の破壊の場面が続く。震災後、ぼくらはいつ起こるかわからない災厄に、おののいて生きなければならない。

虚栗蹴れば飛びたり栗拾ひ

九月三十日（日）晴　【季語＝栗】

本所「牧野」は、憧れの居酒屋。小上がりに腰を落ち着けて、黒板メニューを見ると、「まぐろ刺」がはや消されている。心配。おかみさんに聞くと、あった。安堵。太田和彦さんの『精選東京の居酒屋』（草思社）掲載の店だが、新版では削除されている。太田さんの混みすぎないようにという配慮か。

栗の虫ほくそゑみ食ふ栗の中

ぼくの臍の緒ありますか

十月一日（月）晴　【季語＝台風】

昨日は山形グランドホテルの俳人協会主催東北俳句大会・山形大会に出席。当日句選者。松浦俊介さんに駅に出迎えてもらう。ただ、台風のため、新幹線運転打ちきりになる寸前の午後五時発で、東京に帰って来てしまう。せっかく山形まで行って、日帰りというのは愚かなことだ。名月も見られず。

台風の風トタン屋根もちあぐる

十月二日（火）曇

山形では斎藤夏風さんの講演「みちのくということば」を聞く。最後に、平泉の藤原清衡による「中尊寺建立供養願文」を朗読された。戦死者をはじめ人間の死者ばかりでなく、獣、鳥、魚の死を慰めたいとする願文そのものが、みちのくびとのこころだとおっしゃる。これはまた、俳句の思想そのものではないか。

けふの月出羽なる山の凸《でこ》凸《でこ》と

【季語＝今日の月】

十月三日（水）曇　【季語＝芋】

山形大会で「こんにゃくをちぎる役目や芋煮会　清野佐知子」を特選句に選ぶ。「蒟蒻をちぎる係は芋を切る係に次ぐもので、いずれ芋を切る係になってやろうという思いも感じられる」と想像しつつ講評。すると、懇親会で「当地では里芋は切らない、芋水車で洗うだけ」と指摘を受けてしまった。現地に身を置く楽しさを味わう。

芋水車見張つてをれば夕闇来《く》

十月四日（木）曇

【季語＝新豆腐】

一昨日の俳人協会理事会で、完成した来年度のカレンダーをもらう。押野裕さんの自筆色紙が、掲載されていた。繊細な麗筆を楽しむ。裕さん、書も学んでいるんですね。もらったカレンダーは東徳門百合子さんに渡して、販売促進に役立ててもらうことにする。

新豆腐李朝中期の白磁の白

十月五日（金）晴

【季語＝菊の花】

栗八句会、小夜さんの今月の料理は次のとおり。新潟の枝豆、干海老、新潟のソーセージ・チャーシュー、秋刀魚塩焼、芋煮会の芋煮、新潟の小茄子塩漬け、甘海老塩辛、烏賊塩辛、栗飯、ビールはヱビス、酒は麒麟山。新潟と書いてあるものは栗生さんが郷里新潟から提げて来てくれたもの。ふたりの友情に感謝しつつ酔う。

沓脱にそろへある下駄菊の花

十月六日（土）曇　【季語＝菊の花】

澤連句講座会場は井の頭線池ノ上駅そばの世田谷区代沢東地区会館。初めて池ノ上駅に下車。大宮千代さんが下見の上、作製の地図が見やすく、正確。『炭俵』の「むめが香に」の巻を読んでいるが、「終宵《よもすがら》尼の持病を押へける　野坡」の主体の性別で盛り上がる。たしかに女性とも男性とも読める。

つながれて馬鼻鳴らす菊の花

十月七日（日）雨

【季語＝秋の暮】

澤連句講座の会場は池ノ上、喨の会の会場は下北沢。山岸樵鹿さんに案内されて、歩く。二十分程度の吟行である。樵鹿さんは古本マニアで、古書店を探査しているうちに、自然に道を覚えたという。喨の会の後、約一時間で、潺潺集・澤集の選を完了。入力担当の望月とし江さんに渡す。

秋の暮軒につかへるサボテンも

十月八日（月・体育の日）晴

【季語＝菊】

同人句会の選を終える。同人のみの句会で、ネットと郵便とで運営。参加費無料。澤句会の中で、現在唯一全没を設けている。ただ、全没の作者の句と添削を加えた句には、すべてに評をつけた。全体の印象はちょっとかたい。俳句はリラックスしてつくりたい。参加者百六十二名。幹事の野口桐花さんにお世話になった。

道の辺の壜に小菊やあたらしき

十月九日（火）曇　　　　　　　　　　　　　　　　　　　　　　　**【季語＝猪】**

安井浩司「俳句と書」展へ。久しぶりに安井さんと会う。オープニングレセプションは銀座東武ホテル。スピーチの最初がなんとぼく。『俳句という遊び』の飯田龍太邸での句会以来の交遊と昨年の「澤」の耕衣特集でご執筆いただいたことを話す。安井さんは、笑顔で聞いてくださる。

ゐのししの牙蔓に研ぐ風の中

十月十日（水）曇　【季語＝猪】

吉祥寺の居酒屋、「闇太郎」さんこと山田康典さんから電話。開店四十周年で記念文集を作るという。長年、ただひとりだけでやってこられた。「澤」創刊前の日々が鬱々たるものでなかったことの一因は「闇太郎」の存在にある。もちろん、快諾。闇太郎さんは恩人のひとりなのだ。

ゐのししの息響くなり藪の中

十月十一日（木）曇　　**【季語＝猪鍋】**

開催中のＩＭＦ年次総会のロゴデザインは、折形デザイン研究所（山口信博代表）が制作。「時に対極にある国同士の考えや想いも、最終的には一つにまとまっていく。１８８の参加各国が東京という場で絆を深め、一つになっていくために。日本独自の連帯の思想を『紙を折ること』によって示しています」（折形デザイン研究所公式サイト）。折ることと祈ることは、どこか通じる。

大皿にゐのしし肉や味噌と煮ん

十月十二日（金）曇　【季語＝芭蕉葉】

昨日は、「ひととき」「芭蕉の風景」の取材で、伊賀市へ。「旧里《ふるさと》や臍《へそ》の緒に泣《なく》としの暮」を書くため、芭蕉生家の土間に立つ。この家の中で芭蕉は、母の大切に保管してきた自分の臍の緒を、母の死後に老いた兄から見せられたのだ。臍の緒にふるさとの中のふるさとをとらえている。

芭蕉広葉虫はばたいて浮きにけり

十月十三日（土）晴　　　　　　　　　　**【季語＝曼珠沙華】**

芭蕉翁記念館に行って「芭蕉のめざした俳諧」展を拝見。馬岡裕子さんにすぐに見つけられ、「どうして芭蕉祭当日にいらしてくださらないのですか」と叱られる。『ひさご』刊行時に芭蕉は門弟宗七に十五部を送りつけ斡旋を頼んでいる。その書簡が展観されていた。ここには身近な芭蕉がいる。

畦草に曼珠沙華咲きけむるなり

十月十四日（日）曇

【季語＝秋の暮】

松濤美術館「古道具、その行き先　坂田和實の40年」。坂田さんのコレクション展をじっくり楽しんだ。古伊万里や江戸硝子もいい味わいだが、洗濯用籠、魚焼き網など昭和の庶民の道具のすがすがしいうつくしさに驚く。何でもないと思われているものに美を見出す姿勢は、俳句の方法にもどこかつながっている。

足の指ひらきみるなり秋の暮

十月十五日（月）晴　【季語＝枝豆】

秋田での講演、「木と生きる人」のレジュメをようやく完成させる。今回気付いたのは、『おくのほそ道』須賀川での芭蕉発句二句、「風流の初めや奥の田植歌」と「世の人の見付けぬ花や軒の栗」に関して。前者の句は弥生時代以後の食文化と、後者の句は縄文時代の食文化と対応しているのではないか。

青森の枝豆毛豆毛深いぞ

十月十六日（火）曇　【季語＝金木犀】

ローリング・ストーンズと古唐津と酒とをこよなく愛する、友人池田暁史さんのお宅に初めてのお子様、お嬢様が誕生したと、青木一高さんより聞く。うれしくて、午後しばし祝句を案ずる。あらたに女の子が加わった池田家のみなさまの幸福を祈念する。

もろともに金木犀の香を聞かん

十月十七日（水）曇　　　　　　　　　　　　　　　　　【季語＝秋の雲】

信濃大町の斎藤博子さんに、秋の急な寒さを方言で、「嬶《かか》おどかしの寒さ」と言うと教わる。うまいいいまわしであると感心して、さっそく句に作ってみるが、大町の他の連衆は誰もこの方言を知らないようだ。小さな集落の中だけに通じることばなのかもしれない。

有明山暗しよ秋の雲よりも

十月十八日（木）曇

【季語＝秋の暮】

千国多美絵さんが、湖の烏貝を句会の卓の水槽に入れて見せてくれたことを以前書いた。千国さんにその後の烏貝の消息をたずねたら、句会のあとすぐに湖に戻したとのこと。湖の底に戻った烏貝は、句会のこと、人の世のことを、すぐに忘れてしまっているだろう。

みづうみの底まつくらや秋の暮

十月十九日（金）曇　【季語＝秋薊】

実家で母に「ぼくの臍の緒ありますか」と聞いたら、みつけ出してくれた。芭蕉の母と同じで、母が管理していてくれたのだ。オレンジ色の小さな袋に入っていて、袋には「小澤ｂ赤ちゃん」とあり、生年月日時間、体重、身長、臍の緒が落ちた日が書かれてある。長野赤十字病院でほぼ同時に生まれた「小澤ａ赤ちゃん」はお元気かしらん。

秋薊一茎つぼみも花を終へたるも

十月二十日（土）晴　　【季語＝紅葉】

俳文学者山下一海先生の著作集が出ることを聞いた。成城大学の院生時代、尾形仂先生の講義ではさすがに寝られなかったけれど、山下先生の講義では眠ってばかりいた記憶がある。もうしわけなかったです。もったいなかったです。バカ学生でした。著作集に学ばせていただきます。

えびづるのもみぢ初むるや虫の穴

十月二十一日（日）曇　【季語＝花火】

丸谷才一氏、亡くなってしまった。小説も読んだけれど、ぼくにとってとてもだいじだったのは『日本文学史早わかり』（講談社）。日本の詩歌の歴史にとって、天皇がきわめて重要なことを、この一冊に学んだ。この書を読まなければ、元号主義者にはならなかった。まだ西暦を使っていたかもしれない。

田の猿へロケット花火低く飛ぶ

十月二十二日（月）晴　【季語＝葛】

久しぶりに隣のアパートで飼われているイグアナを見る。自転車に乗って帰ってきた飼い主、若い女性の頭に、まるでターバンのように巻き付いて、堂々と正面を向いていた。よく馴れているんですね。飼い主の方にしっかり挨拶をしたいが、驚いた声「あっ」しか出ない。またもや幻を見た思い。

ガードレール葛一叢の越えつつあり

十月二十三日（火）曇　【季語＝羚羊】

新幹線「こまち」で秋田へ。全県俳句大会（秋田魁新報社主催）出席のため。大曲を過ぎたあたりの櫨紅葉がすばらしい。新聞社の生内克史さんによれば、暑さがみごとな紅葉をもたらしてくれたとのこと。車内にいて、岩の上に立つかもしかと目が合う。野生のかもしかを見たのは二十年ぶり。

かもしかの我を見据ゑつ巌の上

十月二十四日（水）晴　【季語＝きりたんぽ】

秋田魁新報文化部のみなさんと、南通りの「うたせ」で打合せ。文化部長の小川浩義さんの話が楽しい。秋田の語源はあぎと田、大きな生き物の顎のかたちの田から来ているという。震災後、学生の建築コンクールがあったが、土間を加えた家が多かったという。講演前夜なのに酒が進んでしまい、危険。

きりたんぽ芹の根入らずんばならず

十月二十五日（木）曇　【季語＝茸とり】

講演の枕で、車中かもしかを見たことを話したら、初めて会った「澤」の仲間、山本肯三さんに「実は昨日の昼寝の際、不思議な夢を見ました。わたし自身がかもしかになって、新幹線に乗っている小澤さんを車窓から覗き込んでいたんです」と言われる。どう答えたらいいのでしょう。

茸採りの男消えたり車残し

十月二十六日（金）晴　【季語＝棗の実】

石崎鬼門さんの案内で角館散策。新潮社記念文学館の「川端龍子展」で、龍子の弟の俳人、川端茅舎の油彩小品そのものを初めて見る。胡瓜と谷中生姜の静物である。ていねいに描かれている。長谷川潾二郎の静物の静けさに似ている。茅舎は絵は岸田劉生門。

棗の実りんごの味や一枝食ふ

十月二十七日（土）曇

信楽MIHO MUSEUM「土偶・コスモス」展へ。ぼくのようなおじさんが「かわいい」とか「欲しい」とか独り言をくりかえしつぶやいているのは、ちょっとこわいですね。すばらしいものばかりだったが、一番好きだったのは、北海道出土の、小さな星形で、全身に印刻のあるもの。

【季語＝冬近し】

冬近し土偶の口の叫ぶ形《なり》

十月二十八日（日）雨

【季語＝秋灯】

「ひととき」連載「芭蕉の風景」取材で、大津市石場・松本へ。芭蕉の女弟子、智月が住んでいたらしい地を歩いてきた。取材した石場駅の駅員の方も電器店の女性店員の方も親切だった。石場では明治ごろまで智月の名を冠する智月餅が売られていたはずだが、聞いてもだれも知らない。

電車の窓に秋灯そしてきのふのわれ

十月二十九日（月）曇　【季語＝露】

一昨日、名古屋名句会の前に名古屋市博物館にて「芭蕉展」拝観。たくさんの真蹟を楽しむ。驚くべきは、初公開の芭蕉遺愛の「笈」。中国の元時代の漆器だというのだが、なぜ芭蕉がこのような道具を持つことができたか。なぜ桐葉という名古屋のあまり存在感のない弟子に伝えられたのか。

草に木に露降りにけり笈ひとつ

十月三十日（火）晴　【季語＝冷たし】

青木一高さんと池田暁史さんが遊びに来るので、駅前まで買い出し。料理は枝豆を茹でて、やきとりをあたためるだけ。レバー塩が好きなのだが、レバーたれしか売っていない。青木さんが寒がるので、今年はじめての暖房を入れる。書斎の掘りごたつ式机の下の空間に青木さんは入り込んで、首だけ出している。

レバー片串に刺しゆくつめたかりし

十月三十一日（水）曇　【季語＝冬近し】

押野裕さんと「澤」一月号のための対談。記録は内田董一さん。今年の「澤」の句と俳壇で刊行の句集五、六冊について。「澤」の友人とこういう話ができるようになった。裕さんは角川「俳句」の時評を今年一年間連載して、好評だった。そのエッセンスを聞きたいと思ったのだ。

冬近し革の手帖の革の照り

サンクトペテルブルクの魔女

十二月二日（木）晴　【季語＝障子洗ふ】

ＮＨＫ文化センター青山教室「まのあたり句会」。星野高士さん、櫂未知子さん、神野紗希さんと。前半、選者俳人の公開互選句会。後半、募集句の句会。加藤庸子さん発案のこのスタイルは初めて。選者の作品と募集句の題は同じで、「冬近し」「障子洗ふ・貼る」「足」。

桟ひとつ執念《しゅうね》き汚れ障子洗ふ

十一月二日（金）晴　【季語＝暮の秋】

箱根湖尻の箱根アカデミーにて「澤」通巻百五十号記念秋季鍛錬会。限果さんは午前三時に起き、六時松本発のあずさに乗って、箱根一番乗りを果たした。その限果さんと押野裕さんと芦ノ湖のほとりの花野を歩く。前日句会から三十名が参加。箱根観光ポスター俳句が多くなるのではないかと心配していたが、ほとんどない。

湖に造られ湖を出ぬ船暮の秋

十一月三日（土・文化の日）曇

【季語＝紅葉】

瀬戸洋子さんの案内で、湖尻水門へ吟行。芦ノ湖の西の端から東を眺めると、奥深い。岸辺で蜆の稚貝の殻とブラックバス釣の擬餌を拾う。紅葉は昨日よりもたしかに濃くなっている。約百名が集まっての第一回句会、芭蕉発句「霧しぐれ富士をみぬ日ぞ面白き」についてなど話す。

友よ仰げ箱根全山紅葉なす

十一月四日（日）曇

【季語＝公魚】

鍛錬会二日目句会では、相子智恵さん、押野裕さん、榮猿丸さんに、今年の「澤」以外の三句ということで話してもらう。この三人の受賞者が、通巻百五十号の稔りの一つ。それぞれ句集をよく読み込んでいて、勉強になる。ただ、智恵さんの熱弁だけで予定時間いっぱい。次回からは講師ひとりで十分か。

山の湖わかさぎ易く釣れさみし

十一月五日（月）曇

【季語＝紅葉】

「みみはななき宗二が首や石蕗の花　高橋和志」を鍛錬会の特選に選んだ。小田原攻めの秀吉に惨殺された茶人山上宗二を詠んだ句。和志さんは懇親会の席上での自句自解の際、「常の茶湯なりとも、路地へはいるから立つまで、一期に一度の参会の様に」と『山上宗二記』から朗々と引用した。

日の差して紅葉山あり湖荒れだす

十一月六日（火）雨　　　　**【季語＝種採る】**

江戸の会を西荻窪、おたまじゃくしで。店主の大塚さんに、来年三月で店をたたむと言われ、驚く。西荻窪での行き場所がなくなってしまう。三月までせいぜいうかがいましょう。連衆の「文學界」編集長田中光子さんに「文春手帳」をもらう。これで再来年の予定まで書き込める。

ねずみに学びもぐらに習ひ種採りぬ

十一月七日（水）雨　【季語＝おでん】

吉祥寺の居酒屋闇太郎の開店四十周年記念文集に寄稿することができた。ご自宅に原稿を郵送したので、店に挨拶しに行く。すると「散文だけではちょっとさみしいです。一句添えてはもらえんでしょうか。言おうか言うまいか迷ったですが」と言われる。「作ります」と答えないわけにはいかない。

カウンターデコラ貼りなりおでん酒

十一月八日（木）晴　【季語＝凍る】

栗八句会。栗生さんの奥さんがほぐして新潟から送ってくれた甘塩のいくらを新米のごはんにかける。栗生さんは「飯が見えなくなるまでかけろ、いくらでもかけろ」とだじゃれで注意する。わが人生最高のいくらを、もっともたくさん食べた日。さらにお土産に壜に詰めてもらったいくらをいただく。

毘沙門天てのひらの塔月凍てぬ

十一月九日（金）晴

【季語＝神渡し】

「讀賣俳壇」選句。今回、初めてのタイプの不思議な投句があった。角形封筒で投句してきているのだが、中に便箋は封入されていない。封筒の内側の部分に直接、荒々しいボールペン書きで、三行にわたって、記してある。こういう投句が、いい作品であるはずがないが、それでも読まないわけにはいかないのだ。

吠えぐせの犬吠えてをり神渡し

十一月十日（土）晴　【季語＝神渡し】

「俳句年鑑」巻頭言「木と生きる」を執筆。『おくのほそ道』の須賀川の可伸という栗の木の元に隠棲していた僧に芭蕉はどうして魅かれたのかからはじめて、芭蕉、西行、ブッダら、木とともに生きた人について書く。木と生きるという生き方があった。そして、俳句はどこか木と似ている。

烏あまた飛びをる空や神渡し

十一月十一日（日）曇　【季語＝大根】

昨日は三菱俳句会指導。三菱関係各社の句会である。第一回は、昭和三十一年に高浜虚子指導という歴史ある会。指導は岸本尚毅さんと。会員の天野善夫さんは、小林恭二さんの俳句仲間。現在三菱商事マニラ支店長だが、この句会のために帰国されたとか。三十年前に何度か会った記憶が、ゆっくりよみがえってくる。

大根出づ大根その他のひと包み

十一月十二日（月）曇　【季語＝大根】

三菱俳句会の会場、有楽町の糖業会館前で岸本尚毅さんと別れて、嘵の会の会場、下北沢へと向かう。下北沢タウンホールの句会場に入ると、なんと岸本尚毅さんが隣りの部屋で句会をしていて、挨拶される。「ひょあ」と出そうになる声を抑える。

大根おろす切らで一本ひといきに

十一月十三日（火）曇　【季語＝大根干す】

三井記念美術館の「琵琶湖をめぐる近江路の神と仏」展に閉館寸前にすべりこむ。木彫の仏の並ぶ第四室、まるで静かな森のようだった。ことに西遊寺の毘沙門天立像を連れ帰りたかった。憂いを含む青年の姿である。西遊寺は草津市にある。いつか寺を訪ねてみたい。

物干台大根皆ぞ干しに干す

十一月十四日（水）晴　【季語＝刈田】

箱根鍛錬会の欠席投句、四十七名分の各三句、その全句に、赤ペンで◯印をつけるか無印とするか判断してゆく。添削すべき箇所には朱を加える。そして、一句につき三十字程度の評をすべてに加えてゆく。選句のレベルを揃えるために全員のものを一気に同時にやりおえたいのだ。だいぶ遅くなってしまった。

刈田に火焚きたり煙南へと

十一月十五日（木）晴

【季語＝青写真】

「俳句年鑑」巻頭言初校戻し。担当の滝口百合さんに広告を入れないことになったので八行増やして欲しいと言われ、「今さらそれはないでしょう」と声が出そうになる。あらためて考え、俳句甲子園、松山東高校の優勝を決めた東影喜子（喜心）さんの句と今年角川賞の広渡敬雄さんの句を加える。おかげで少し年鑑らしい文章になった。

しやがみをるこどもが我や青写真

十一月十六日（金）晴　【季語＝落葉】

角川賞の広渡敬雄作品を再読。その作品の香気に打たれた。自然との距離の近さも特筆すべきもの。選考委員として作品を読むときは、作品のいいところよりも、まずアラを探して読んでしまう。一読者として向き合った受賞作「間取図」は、違う作品として立ち現れてきた。

落葉飛び帯なしてをりわが頭上

十一月十七日（土）雨　　　　　　　　【季語＝柿落葉】

澤定例句会は初台。笹塚から京王新線で、初台へ向かったつもりが、京王線新宿駅に着いてしまう。再度、笹塚に戻り、再挑戦、初台に着いた。北口から出ると目印のドトールがあって、正しいはずだが、会場はない。南口に挑戦しようと改札口に戻ったところで、相子智恵さんに会った。

柿落葉葉表に雨溜めたるも

十一月十八日（日）晴

【季語＝柚子】

以前、茅舎の細密な静物画に、長谷川潾二郎を連想したことを書いた。句友の葛西省子さんから、ご主人敬之氏の父上が、潾二郎の従兄弟であると聞き、驚く。潾二郎は絵を描くのが極端に遅くて、奥さんを働かせていたという。寡作だったために作品はお持ちではないとか。

長谷川潾二郎描くべき柚子ふたつ

十一月十九日（月）晴　**【季語＝落葉】**

句会の際、杉野正恵さんに「俳句日記のヒダル神って何ですか」と聞かれる。杉野さんの実家は金谷駅近くにあって、大井川のほとりの女学校に自転車で通っていたとのこと。太平洋戦争中は艦載機の空襲にも遭ったそうだ。戦争の際には「ヒダル神」は出なかったか。健康な少女には関わりなかったか。

落葉踏む音人ならず山鳩ぞ

十二月二十日（火）晴　【季語＝時雨】

ロシア出張のための雪靴、厚手袋、厚靴下、冬帽子、発熱下着などを購入。これだけ用意しておけば、ロシアの寒さでもだいじょうぶなはず。帰りに吉祥寺のビストロ・エディブルに寄るが、店が無くなっていて心配。電話してみると、大きな店舗に移って、ひとも数人つかっている。おめでとう。外でワインは久しぶり。

かんばせに受けてしぐれや歩みゆく

十一月二十一日（水）晴

【季語＝猪】

穂高、大町の句会では、野生動物の被害についての多くの句が出された。詳しい自解や解説も加えられた。急な寒さで山に餌が無く、動物が里に出て来ているらしい。猿は畑の大根を抜いてかじっていく。熊は庭を平然と横切ってゆく。猪はやりすごしても、引き返して来て体当たりして来る。

猪のぶつかり来たりおのが身飛ぶ

畝の冬菜こまかきあまつぶのあまた

【季語＝冬菜】

十一月二十二日（木）晴

国際交流基金の橘裕子さんが、ロシア入国ビザを加えたパスポートと搭乗券とを自宅まで届けてくださる。他にロシア出張に関する資料がなんと1から17まである。ロシアへのビザを取得するためには、面倒なことにホテル予約完了の報告書ホテルバウチャーがないといけないのだ。ロシアは遠い。

十一月二十三日（金・勤労感謝の日）雨　　【季語＝神無月】

「芭蕉の風景」取材のために伊勢神宮に出掛けたく宿予約をすれども、伊勢松阪の一軒のビジネスホテルしか空いておらず、松阪泊。市内の寿し萬で伊勢湾の幸を楽しむ。まんぼうの腸の炙り物、鮑のバター焼き、あおりいかの刺身が、地酒鈴杉の燗に合う。松阪牛の握りは炙りしか出せなくなったとのことだが、濃厚。

まんばうの腸嚙んでをり神無月

十一月二十四日（土）晴

【季語＝紅葉】

「芭蕉の風景」は「御子良子《おこらご》の一もとゆかし梅の花」を書きたい。伊勢神宮内宮外宮ともにかつて子良の館《たち》という施設があって、御子良子という少女が神の供物を調えていた。神宮内に子良の館跡を探して歩くが、連休の人出で神官の方々の話が聞けなかった。句友の熱田神宮宮司小串和夫さんに泣きつくしかあるまい。

御子良子の木の箸長きもみぢかな

十一月二十五日（日）晴　　　　　　　　　　　　　　　**【季語＝小春】**

鎌倉全国俳句大会に出席、鶴ケ岡八幡宮。星野椿さん、高士さんの笑顔に会う。講演はロバート・キャンベルさん。子規について話されたが、当日句選のため聞くことはかなわない。有馬朗人さんに「明後日からロシアです」と言うと、「この時期寒いですが、エルミタージュ美術館が空いていていいですよ」と教えられる。

花婿十人花嫁十人かまくら小春

十一月二十六日（月）曇　【季語＝霜柱】

成田までのリムジンバスを予約しに行くが、朝のラッシュ時には運行していない。新宿駅までタクシーで行き、成田エクスプレスを使うこととする。帰宅後、国際交流基金の望月義正さんのメールを開くと、最近モスクワでの映画祭に参加した監督が、成田エクスプレス遅延のため、飛行機に遅れた件が書かれてあり、ひやっとする。

霜柱蹴るやきらめくものもなし

十一月二十七日（火）晴

【季語＝冬の日】

アエロフロート便で、午後六時、雪のモスクワ空港着。日本文化センターのスラヴァさんが迎えに来てくれている。市内まで渋滞。宿のメトロポールホテルで沼野充義さんに会い、夕食をご一緒する。料理を解説していただいた上、ご馳走になってしまう。チョウザメ燻製、キエフ風カツレツ、ビーフストロガノフなどなど。

冬の日かへす蛇行の川も三日月湖も

十一月二十八日（水）雪　【季語＝雪達磨】

芸術家会館のブックフェアで沼野充義・川上弘美対談。会場から「神様」の熊とロシア人との関係は、という質問が出る。雪でひどい渋滞の中を、大使公邸へ。原田親仁大使ご夫妻にご馳走になる。日本料理、日本酒が沁みる。酔いのあまり芳名録に墨書した駄句が気掛かり。

百合根製ゆきだるまなりまなこは胡麻

十一月二十九日（木）雪

【季語＝冬木立】

第一六七九番学校で、俳句交流会。俳句愛好者の熱意は、想像を越えていた。質問を繰り出して来る。「芭蕉の説いたという『誠』とは何か。句作の際、どう意識しているのか」。「俳句の間をどう生かしているか」。答えられません。モスクワの俳人たちは自分の書いている詩が、俳句であるか否かに強い不安を抱いていると感じた。

レーニンは土にかへれず冬木立

十一月三十日（金）雪　　【季語＝雪】

特急サプサン号で、サンクトペテルブルクへ。駅に日本文化センターの坂上陽子さんが送りに来てくれる。日下部陽介さんとは昨晩、別れた。サンクトはひどい吹雪。ホテルアストリア百周年のパーティに沼野さんとともに招待される。大女性作家リュドミラ・ペトルシェフスカヤが、シャンソンからロックまで歌いまくるのを聞く。

雪の宮殿雪の教会魔女歌ふ

【あとがき】

平成二十四年（二〇一二年）一月一日から十二月三十一日まで、閏年の三百六十六日にわたって、ふらんす堂のホームページで「俳句日記」を連載した。一日に一句と短文である。実際の生活に即した日記を残したいと思って、ひと月前の日付の分を書くこととした。つまり、前年である平成二十三年十二月一日から二十四年十一月三十日までの日記である。

「澤」平成二十四年四月号から翌年三月号まで、一年にわたって再掲している。平成二十三年は東日本大震災が起こった年である。コロナ禍が終息していない現在も辛いが、この年には福島第一原子力発電所の事故も発生して、都内で生活していたぼくにとっても、たいへん心細かった。「瓦礫抄」なる題名は、震災の瓦礫による。震災後の心細さを忘れてはならじと、題とした。

最後はロシア訪問で終わっているが、当時は、現在のロシアによるウクライナ侵攻が起こることなど想像もできなかった。

ぼくの句集としては『砧』『立像』『瞬間』に続く四冊目の句集であるが、『瞬間』以後の句をまとめていないので、現在のところ句集としての正式なナンバーは、つけられない。

縁あって、ご登場いただいた方々には、深く感謝したい。十年も経ってしまうと、多くの方が鬼籍に入られている。ご冥福を祈るばかりである。

ホームページ連載時からふらんす堂のみなさんにはお世話になった。刊行までだいぶ時間がかかってしまったが、辛抱強くお待ちいただいた。ことに「人名・店名」索引など、手のかかる作業までお願いしてしまった。

おかげで、ぼくにとって、愛着深い一冊が残ることとなった。読み返すと、十年前の、少し若いぼくがいる。

令和四年十月晦日　隠岐郡海士町の旅宿 Entô にて

小澤　實

著者略歴

小澤　實（おざわ・みのる）

昭和31年　長野生まれ
昭和52年　「鷹」入会。
平成11年　「鷹」退会。
平成12年　「澤」創刊主宰。
句集に『砧』『立像』（俳人協会新人賞）『瞬間』（讀賣文学賞詩歌俳句賞）。
著書に『秀句三五〇選　友』『万太郎の一句』『俳句のはじまる場所』（俳人協会評論賞）『日本文学全集　近現代詩歌』『名句の所以』『芭蕉の風景　上・下』（讀賣文学賞随筆・紀行賞）など。他に人類学者中沢新一との対談集『俳句の海に潜る』がある。
俳人協会常務理事。讀賣新聞・東京新聞俳壇選者。角川俳句賞・星野立子賞選考委員。俳句甲子園審査員長。

人名・店名索引

あ行

か行

さ行

た行

な　行

は　行

ま行

瓦礫抄 garekisho

小澤實 Ozawa Minoru

澤俳句叢書第二十九篇

二〇二二年一二月三一日初版発行　二〇二三年四月一二日第二刷

発行人—山岡喜美子

発行所—ふらんす堂

〒182-0002 東京都調布市仙川町1-15-38-2F

tel 03-3326-9061 fax 03-3326-6919

url www.furansudo.com email info@furansudo.com

装丁—和　兎

印刷—日本ハイコム㈱

製本—島田製本㈱

定価—二二〇〇円+税

ISBN978-4-7814-1526-0 C0092 ¥2200E

2013 顔見世　井上弘美
kaomise　Inoue Hiromi

2014 掌をかざす　小川軽舟
te wo kazasu　Ogawa Keisyu

2015 昨日の花今日の花　片山由美子
kinounohana kyounohana　Katayama Yumiko

2016 閏　稲畑廣太郎
uruu　Inahata Kotaro

2017 自由切符　西村和子
jiyuukippu　Nishimura Kazuko

2018 そして、今　大牧 広
soshite, ima　Oomaki Hiroshi

2020 二十三世　本井 英
nijyusansei　Motoi Ei

俳句日記シリーズ　定価2200円＋税　以下続刊